U0458598

J. S. BACH

一点五维的巴赫

音乐、科学和历史

马慧元 著

上海三联书店

图书在版编目（CIP）数据

一点五维的巴赫：音乐、科学和历史 / 马慧元著
. —上海：上海三联书店，2024.4
ISBN 978-7-5426-8394-6

Ⅰ.①一… Ⅱ.①马… Ⅲ.①散文集—中国—当代
Ⅳ.①I267

中国国家版本馆 CIP 数据核字（2024）第 042058 号

一点五维的巴赫：音乐、科学和历史

著　者 / 马慧元

策 划 人 / 顾红梅
策划编辑 / 齐晓鸽　钱　斌
责任编辑 / 吴　慧
装帧设计 / 彭振威设计事务所
监　　制 / 姚　军
责任校对 / 王凌霄

出版发行 / 上海三联书店
　　　　　（200041）中国上海市静安区威海路 755 号 30 楼
邮购电话 / 021-22895540
印　　刷 / 上海颛辉印刷厂有限公司

版　　次 / 2024 年 4 月第 1 版
印　　次 / 2024 年 4 月第 1 次印刷
开　　本 / 787 mm×1092 mm　1/32
字　　数 / 166 千字
印　　张 / 10.75
书　　号 / ISBN 978-7-5426-8394-6/J・427
定　　价 / 62.00 元

敬启读者，如发现本书有印装质量问题，请与印刷厂联系 021-56152633

小引

马慧元女士的书，断断续续读过五六本。她的"乐评"与黄裳先生的"书话"都是爱读之书。他俩的文风迥异，但有个共同的地方，虽写"乐"写"书"，却不仅写"乐"写"书"，仿佛他们描绘花草清美、溪涧明媚，不过是引导我们去领略文字后面的世界，而文字后面的世界，香南雪北，风华横绝。

说起读书，不少人自小就有过体验：有种书，会驱使人一口气把它读完但又生怕读完，恨不得作者永不停笔。马慧元的书就是如此。想来，其中必定有一些原因。我猜，作者有管风琴训练的经历，对现象背后的秩序——莱布尼兹的先定和谐（die prästabilierte Harmonie）有某种感受的直觉，似乎能听出音乐中几何与数的比例，大概是一个原因；继而又能把音乐的律吕起伏写在清风流水之上，灵峻的笔意含藏着缓缓的温暖，当是另一个原因；再加上作者妙用现代科技，平视万里，运思千载，让历史生动，在篇起篇落间唤起古人，甚至唤起那些快被湮没的人，例如巴赫的儿子伊曼纽尔拿到1725年卷的《笔记》，悉心补上继母安娜的完整名姓，这一特写把岁月流逝的光彩留在书叶，引得历史家们叹羡，可称第三个原因；但是有一点还让人悬度不透她的书，不激烈，不煽情，为什么会让人感动得哀伤，是好音以悲苦为主，还是流年浮华，音乐摇落的凄美？想想都不是。也许，作者礼敬巴赫，长揖至地，一往情深，真的把孤迥在纸上的巴赫写得句句轩昂了，由珠玉之声到霹雳雷霆。但有时，闲闲的一句，也会直透人心。

作者的书，见过十种，按时间依次为：一、《北方人的巴赫》（华夏出版社，2005年）；二、《管风琴手记》（新星出版社，2007年）；三、《管风琴·看听读》（中华书局，2009年）；四、《书生活》（中华书局，2010年）；五、《写意巴洛克》（生活·读书·新知三联书店，2010年）；六、《宁静乐园》（上海文艺出版社，2012年）；七、《音乐的容器》

（上海书店出版社，2014年）；八、《星船与大树》（中华书局，2018年）；九、《宁静乐园》（人民文学出版社，2018年）；十、《被寂静惊醒》（江苏凤凰文艺出版社，2020年）。这个书单，可能还没有到达目录学家和版本学家关注的时刻，但对于触摸历史的人，却能从中看到，作者如何依偎音乐、循环时序，如何专注、耐心地去理解那个数字的宇宙，正是在数字的宇宙中，人类知识统一的画面渐次浮现，老哥德的诗句隐约其中：

Daß ich erkenne, was die Welt

Im Innersten, zusammenhält.

去了解有哪些力量

使这个世界变为一个整体。

现在，为理解这个整体，作者又以这部《一点五维的巴赫》为它敷上了一笔淡淡的墨色，它不带喧嚣，不带狂热，是笔端浸有的心智之墨。墨影中作者从"不谢幕不声张，谦卑地来去"之中走向一个境界，一个为乐评的写作树立标杆的境界——它是指向古典的。我个人爱读作者的书，还有个特殊的原因。作者所讲述的，大都是我不懂而想学的知识。几年前我写关于皮耶罗·德拉·弗朗切斯卡《临产圣母》构图中的"对称"，只顾引证外尔（Hermann Weyl）的《对称》，却万万没想到万里之外，作者也在写"对称"（参见本书中的《行行重行行》和《牛顿的苦恼》），今日读了才知道，多少有趣的"对称"我都茫然不知。在此，"开卷有益"绝不是套语，它摆脱了执障，寒空片月，真实不虚。

草此短章，权当小引，勉附骥尾，并记岁时。

范景中，2024 年 3 月 15 日

在真与美之间

"一件事物，非但其为不美、不神圣、不善，皆无碍于其为真，并且正是因为其为不美、不神圣、不善，所以才为真；这实在是一项日常智慧。"一百多年前，德国思想家马克斯·韦伯在面对慕尼黑的大学生时，说出了上面这句话（《学术与政治》，广西师大出版社，第179页）。这句话一方面展现了一种对现代文明冷峻而清醒的分析，另一方面也流露出些许无奈——人们从内心深处渴望一个整全的世界，能够将真善美这三个基本价值域聚拢乃至统合起来。然而，我们身处的时代不仅仅将个人的职业切碎细分，还将世界区隔为若干个互不相干甚至彼此冲突的领域：在这样一幅未经反思的图景中，求真的任务大致被交托给了"科学"，往日的形而上学和哲学日益隐退幕后；求美的任务好像交付给了"艺术"，然而艺术却常常被其他力量所牵引；而求善的使命则尴尬地"落空"。在越来越多元化、相对化甚至虚无的价值观纷争中，几乎没有哪个学科或者机构敢于承认自己愿意或者能够承担求善的责任。

在我们身处的这个时代，对个人而言最为方便的选择就是凸显自己的"专业主义"（professionalism），坚守或者说"退守"自己的一亩三分地。于是几乎在所有的社会中均呈现出越来越专业化、精细化的分工。"专业主义"一词既成了对职业人的恭维，但又同时蕴含了某种整体性的盲目。人们将各类事无巨细的问题交托给各学科和专家。然而在看似无所不包的专业领域之外，其实还有很是广阔的"未勘之域"。在专业与专业的空隙之间，需要无数的人来穿针引线，互通有无。如今在学院派的研究计划与专著中，"跨学科"几近成了一种政治正确而语义空洞的陈词滥调，少有人尝试更遑论真正做到。

大家手头正在翻阅的这本书《一点五维的巴赫》恰是在上述图景中逆流而动的一个"异类"。作者马慧元多年以来在这样一片未堪之域中遨游，努力试图沟通"真"与"美"

这两大价值域。事情虽然宏大，但她的切入点却是极为具体而精微的——音乐（史）与科学、技术。她的教育和职业背景——既是资深乐迷，又具备相当的科学素养，加之经年累月的阅读和思考，使得她能够游刃有余地处理两者之间的错综复杂的关系。此书在字里行间透露出一种可能性和质朴的希望——真的东西可以是美的，而美的东西也需要真之基础与担保。

人们头脑中通常有一些朴素而未经反思的"图式"（schema）。它们虽然足以应付日常生活，却往往禁不起追问。音乐属于文科还是理科呢？笔者在某搜索引擎上提出这个问题，获得了两个相互矛盾的回答：一个回答说，音乐学既是文科又是理科，是一个跨学科领域；另一个说音乐既不是文科也不是理科，而属于艺术。若要进一步探究这个问题，就要从概念上来界定何谓文科、理科，以及艺术与两者的关系，而大多数人可能就止步于此了。当代教育中学科的划分，更加深了真与美之间的隔阂。艺术院校单独设立和招生，使得其学生对文史传统和自然科学缺乏了解。科学家与音乐家似乎渐行渐远。殊不知在中西音乐的肇始处，对自然规律的理解与把握、对真的好奇可能才是关键。

古希腊哲学家毕达哥拉斯（约前575—前500）在发现"琴弦定律"的时候——在张力不变的情况下，弦的频率与其长度成反比——一定感受到了巨大的"惊异"：这个看似变动不居的世界一定是有其内在规律，而且人的耳朵居然可以听出来。这大概就是古希腊人的"天人合一"瞬间吧！于是他提出了"万物的本原是数"的观点。音乐不仅不例外，而且恰是这一原理的极佳例证。这不就是"音乐是宇宙的语言"的先声吗？

虽然本书涉及的音乐史案例主要来自西方，但在中国乐理与"天理"原本也有千丝万缕的关系。中国最早的音乐家可能是天文学家、历法学家。有学者提出假设，考古发现的迄今为止中国最早的乐器贾湖骨笛，可能不仅仅是一种乐器，而是通过影高来测量节气的授历仪器。此外，中国古人历来也有"律历合一"的说法。《千字文》中提及"律吕调阳"，也就是认为可以使用音律来校准历法。而"葭管飞灰"（《后汉书·律历制》）的传说竟然神奇地残留于一些医书和古诗当中。对此虽然仍有争议，但它意味着可能存在着一条技术路径，即将物候和音律对应。美与真背后有着共同的"道"，只是被遗忘了。马慧元用她的文章一再提示出这一点。

音乐或许是过去两百多年中平民化、普及化最为显著的一个艺术门类。如果你是一个18世纪的欧洲人，想要听高雅音乐的话，就要生活在维也纳、巴黎这样的大都市，才有机会去刚刚出现的音乐厅；或者你属于贵族阶层，有雄厚的财力来雇乐师，在自家庄园里为你演奏；对平民而言，最容易听到音乐的地方就是教堂了。在进行宗教仪式的过程中，教堂至少提供了唱诗和管风琴演奏。时至今日，任何一个人只要拥有智能手机或者电脑，就大致可以随时听到想得到的任何乐曲。然而这种"得来全不费工夫"是否也蕴含着一丝隐忧？

现代人的"消费主义"痼疾远远不止于体现在购买和消费行为中，也不仅仅体现为过度购买，而是"殖民"了生活方方面面。消费主义倾向于将几乎所有"交换"都降格为"一手交钱一手交货"，甚至自以为付出金钱就能获得世界上的一切。审美也有被异化为购买和消费的危险。很多人在付出金钱后，并不会真正投入自己的心智、心力和时间去进行赏析和钻研。一些洒金"乐迷"日益沦为纸面"票友"。而马慧元的系列文章提示了另一种可能性，即在票友和乐迷之上，构建出了一个超越消费主义的新领域。我不知道如何来定义它——有乐迷的欣赏和投入，也兼具研究者的长情和敏锐，但又不用成为专业乐评人以此养家糊口——姑且可以称之为"音乐考释者"。如借用本书中的一个词来说，那个位置恰是"一点五维"。

"一点五维"的尝试并非易事，它需要一种全新的语言。笔者曾问过大学里从事文论、美学与艺术哲学研究的同事，为什么在他们的研究领域中，好像把绘画和雕塑作为案例的研究论文较多，而将音乐作为研究案例的相对少。他们均表示无从回答这个问题。我自己苦思冥想很久之后，初步得到了一个答案：学术研究的成果主要是论文和专著，它们都是用语言写的。将视觉艺术中的信息转换为语言是容易的——虽然其中也有无法转换的内容，但绝大部分图像是可以用语言加以描述的。因此在语言哲学中有所谓的"语言图像论"。而若要将声音—音乐—乐曲转化为语言，则会困难重重。你努力向一个从未听过某一首乐曲的人讲述，总觉得会词不达意。最简单的方法就是将曲调哼唱出来。换言之，语言和图像是同构的，而语言和音乐则缺乏这种同构性。音乐本身就是一种特殊的"语言"。在人类的五种基本感官中，嗅觉与味觉也有类似无法描述的特性。它们均具有第一人称的直接性和易逝性。于是，如何运用语言来讲述音乐，就成了一项极具挑战的工作。现今网络提供的所谓"多媒体"并没有解决而是绕开了这些困难。而像马慧元这样的作者则尝试对音乐进行"转译""消化"，甚至是"再阐释"，需要开创出一种独特的语言和文体。这也是一段在未勘之域中的勇敢旅程。无论这样的旅程终结于何处，阅读本书的读者一定会在真与美之间发现一群有血有肉、生趣盎然的人。

郁喆隽

目 录

巴赫时代的音乐日常

一

"什么？女孩子怎么能闲下来？果真没事做，她可以在围裙上剪个洞去补啊！""女人必须把情绪压在心里，决不可在人前显露。"

女人要以恬静隐忍为本，短暂的失态和冲动就会引来责罚——女孩子挨树枝打是常事。看上去，好似对中国或日本的传统女性描述？非也，这说的是德意志18世纪的凡人生活——美国音乐学新锐塔勒（Andrew Talle）的新书《巴赫之上：音乐和18世纪的日常》（以下简称《巴赫之上》），讲的就是巴赫时代的音乐和社会背景，从几个普通人、无名的角色入手，从他们跟巴赫或近或远的关系，辐射到巴赫、音乐和那个历史的"场"。比如银商的女儿、鲍斯维尔

（写《约翰逊传》的那位）和他的情人、业余学琴的男孩等，还有一章"上帝保佑美丽的管风琴"还原了教堂管风琴音乐的现场，以及著名制琴家齐尔伯曼来到罗萨小城的盛况。

巴赫的时代，是"三十年战争"之后的五十年。这段时间，教堂和管风琴极为重要，据说在巴赫整个生命中，德语地区每个月都至少诞生一座新管风琴。管风琴行会的作用不可小视，一方面保守、不鼓励竞争，一方面音乐家的需求又造成了悄悄的竞争。社会开始富足，科学渐渐发达，不过巴赫所在的路德宗教会，在某些方面曾经激进，在某些方面又极为保守。总的来说，不太鼓励科学和怀疑，也没怎么受狂飙运动的影响。巴赫就是这样的传统教徒中的一分子。这个农业社会里，生活节奏不算快，女人的更慢，无非是居家、生子。小姑娘们的游戏就是假装结婚，给宝宝洗礼；年纪大点的女孩们偷听未来丈夫的情况（尤其是收入）——趁晚上假装盯着汤锅的时候。学校里霸凌、斗殴很常见，巴赫也曾经是打架能手；孤儿巴赫在当时也并不算个别，毕竟孩子和成年人的生命都如朝露一般。然而，他们和她们，生活未必就比我们简单，只是留下的讲述痕迹格外寡淡罢了，偶然中的偶然，在几张枯燥的记录中留下快照。而这些快照，跟巴赫都有或隐或显的联系。巴赫的音乐在当时不时髦，但心仪者还是有的，其中有职业音乐家，也有向往理性精神的哲学家，本书的作者，好比用拓印的纸深按在那个时代中，终于让它凸显出一张网。

博斯小姐（Christian Bose）就是塔勒书中提到的一个巴赫时代的普通女性。她生在1712年，是位富家女孩，家里的收入主要来自一家银器加工厂，父亲是银商，去世后给女儿留下的资产足够其一生的花销。博斯家就在巴赫弹过琴的托马斯教堂对面，里面有座后花园，种着苹果树和李子树，还有喷泉。住所里有十九间生炉火的房子，还有专供音乐演奏的地方。

她的生活方式在当时的阶级中约有代表性：支出最大的是食物，其次是衣服，然后是一个刚出生的宝宝的花费。可惜的是，宝宝刚出生就夭折了。她跟巴赫家相识，她对音乐的兴趣或许跟巴赫家有关。正好，巴赫家搬到莱比锡，并且他即将在这里的圣托马斯大教堂任乐长二十七年。巴赫这时已经娶了安娜·玛德莲娜，安娜跟博斯小姐渐渐成了闺蜜。这时的女人，最大的肉体痛苦和危险就是生育。在1720年至1730年间，安娜一直在怀孕、生孩子，也一直亲历孩子的死亡，到了1732年，已经送走了五个孩子。博斯小姐就参加过几次安娜孩子的葬礼。巴赫时代的女人，从小到大都被灌输了"用生育之痛为夏娃赎罪"的使命。当时的说法，类似于中国的三从四德：一个典型的正经女人，一生中只离家三次：受洗、结婚、入葬，虽然只是理想化的说法，但女人应该主要待在家里，基本是天经地义的生活方式。博斯小姐虽出身富家，受到的教育还是比兄弟们少多了——当时，音乐对很多男孩子来说，还是"浪费时间"的丧志之物，他们应该多学"好找工作"的技能，跟今天大同小异。即便是类似的技艺，男孩子也往往被教得更有系统性。就拿巴赫来说，他对教育男孩竭尽全力，可女儿们却连学校都没去过。博斯小姐，读过的书也主要是宗教类的，其中有些书告诉孩子们"世界的历史一共有5 682年"。年复一年，女孩子们给自己洗脑的东西就是牧师说的话。

幸运的是，博斯的家境给她带来一些不一样的东西，比如，女孩子学点华丽丽的舞蹈和音乐将来会更吸引求婚者，这是富人普遍的信条。不用说，舞蹈对女孩子还是有些道德上的危险，"这会让虔诚的女人们在快乐和放弃救赎的苦恼中进退两难"；只有音乐，最没有争议，起码能把女孩子留在家里。各种娱乐之中，"不健康"的那些，比如打牌、穿时髦衣服、跟男人接吻之类的毛病，恰恰是学习键盘音乐能够治愈的。

"音乐的力量，不仅仅体现在圣乐能提高人的道德感，还包括它带给人的孤独。"作者这样说——这话今天听来，都极其真实。今天的音乐世界里，键盘音乐尤其是钢琴，犹如一层膜把孩子们隔绝于社会，是保护也是孤立，是灌输也是摧残——古典音乐的悖论，其实在几百年前就种下了。

总之，作曲家和出版商热衷让舆论相信音乐对女孩、女人的"教化"之用。1747年，甚至有人出版了一部戏，女主人公把乐器当成"丈夫的替代品"——虽然最终觉得一架琴跟一个活人相比还是略欠，但把琴比喻成孤独中相守的伴侣，还是深深渗入音乐文化的。在孤独中娱乐，在压抑中缓解，古今并无不同。

弹琴技艺较高的女孩子，会很受追捧，博斯小姐就是个努力练琴的女孩。家里为她学音乐投资了不少（花费除了昂贵的琴，还包括私人课和乐谱，跟今天一样）。孩子学琴，算是展示家里财富和教养的一种方式（但并不是最主要的方式，收藏古董、油画才是真炫富）。学琴过程中的细节很难留于历史，不过作者帮我们想象了一下这个女孩的一天：六点钟起床，由女仆帮忙洗漱、扎头发，吃一片从炉里刚夹出来的厚厚的燕麦面包，就几口白兰地。当时的女孩子，即便如博斯，也是要做些家务的，她至少要编织和缝补一些衣物，盯着仆人们清扫厨房。之后，就是等待音乐老师光临，此时她在羽管键琴上练习众赞歌前奏曲——和巴赫一样，她是路德宗教徒，学习的音乐很可能也是路德传统的众赞歌，但因为跟巴赫家相熟，很可能弹过巴赫的键盘作品。

老师格纳（Johann Gottlieb Görner，1697—1778）很可能就从托马斯教堂踱步出来，走到博斯小姐家。他在托马斯教堂里学过数年，老师正是巴赫在这时的前任——库瑙。格纳跟巴赫有点小小过节，他的能力，自不会入巴赫法眼，巴赫有一次听格纳弹琴之后，气得把自己的假发揪下来，朝他扔过去，愤愤地大声说："你还不如当鞋匠呢！"对于自己看不上的演奏，我们也都有这种气得想骂街的时候哩！而对于一向看不起平庸同行的巴赫来说，这再正常不过——在我们这些后人看来，更是擎天柱和蚂蚁的对峙。不过，当时的格纳在本地还算得上音乐名人，在好几家著名的大教堂当过管风琴师，混得不比巴赫差，甚至在1729年拿到圣托马斯教堂的管风琴师职位——巴赫在这里的乐长职位可是几经周折，在几个竞争对手退出的情况下才得到的。当时，教堂里的乐长地位略高于管风琴师，但相差不远，可以想见两人互不买账就是常态。

博斯小姐弹得不错，但社会地位高的人，不可能考虑当音乐家。当时另一个富家女孩正在学芭蕾，记录下来类似的心声："我跳得越来越娴熟优雅了，当我向父亲展示的时候，他哀叹不已：'我女儿为什么不生在鞋匠家里呢！'"

在当时，女人能找到的音乐工作除了给富人当家庭教师，主要就是歌手。我们大约可以猜测，在博斯小姐眼里，巴赫的太太安娜最引人注目之处也是唱歌，当年她如果不是嫁给巴赫，完全可以有更高的成就——为人妻为人母之后，她的名字主要就跟巴赫为她写的曲子联系在一起了——顺便说一下，据学者沃尔夫（Christoff Wolff）的《巴赫：博学的音乐家》（*Johann Sebastian Bach：The Learned Musician*）所述，巴赫去世之后，她像多数音乐家的遗孀一样无可过活，只能仰仗慈善接济，但当地大学一直为她捐款，所以她余生尚不缺钱，最终安静地在当地档案上留下卒年。而巴赫的长女，第一次婚姻的结晶之一多萝西，也是《咖啡康塔塔》中的"假想主人公"，也有不错的音乐才能，她26岁的时候在音乐会上唱过这首作品。害怕女儿嫁不出去，在当时是普通德意志家庭最大的担心之一。不幸的是，多萝西还是孤独终老，60多岁的时候死于贫困。

二

《巴赫之上》的作者从史料中翻出这么一段：1859年，著名小提琴家斯波尔（Louis Spohr, 1784—1859）在自传中回忆："我的和声和对位老师叫作哈通，是个老管风琴家，我还记得他有多暴躁，有一次把我写的曲子扔到我脸上，还说：'写这些玩意儿着什么急，你先得学点东西！'——那可是我自己觉得特别辉煌的曲子。从那之后我就再没给他看过我写的东西，从他生病停止上课之后，我也再没请过和声老师。"

这对师生，因为斯波尔最终自身的优秀和哈通（Carl Hartung, 1723—1800）的相对平常，差不多可以写成神童反叛老师的浪漫案例。但事实上，哈通也不是那么死板不堪，用今天的话来说，稍微多了解一点，剧情就可能反转。这个生在1723年的管风琴家，属于直接受巴赫影响的一代，他终生热爱巴赫，而且自己的生命跟巴赫有二十多年的交集，他生活和教书所在的科滕，也是巴赫曾经担任过乐长的地方。他记录过很多巴赫演奏的心得。就像当时无数音乐家一样，他一生没有大名气，也没赚过大钱，俨然一个肩不能挑、手不能提的穷秀才，凭音乐手艺（以及一点音乐家的骄傲）教私人学生，也教孤儿院的孩子。虽然没有如愿成为全职的大教堂管风琴师（最终在一家小教堂中弹琴，收入全靠人捐赠），但也体面地养活了老婆孩子，度过了平静、丰富也并不轻松的一生。

哈通的同事、朋友中有许多巴赫的学生，比如最熟悉的同事凯瑟（Bernhard Kayser），不仅跟巴赫学过多年，还给他抄过谱。凯瑟在科滕的庇护人是一位王子，据说王子精神不稳定，发作起来就闭门不见人。有一天，王子突然把宫廷音乐师全部炒掉了。凯瑟幸存下来，可是工资减少了一半。经济拮据的当口，凯瑟卖给哈通很多乐谱，其中就有巴赫创意曲的手抄本，两人也常常谈巴赫的音乐。在当时众多的音乐家中，巴赫并不是最显赫的，这两人交换、探讨的音乐也包括马特松。并且，哈通的记录从未提到过布置巴赫的曲子给学生，可见巴赫远未成为标准教学曲目。哈通一直留心收集巴赫的键盘乐谱，从《十二平均律》到《赋格的艺术》都收了，渐渐地他成了当时的巴赫专家，连早期的巴赫传记作家福柯尔（Johann Forkel）都来找过他，从他这里拿巴赫的作品目录。不过谁也不会想到，19世纪之后，这一小撮人的判断竟然在广大的音乐世界话语中听到回音。

从对音乐的态度来说，哈通在今人的眼里可能就是个典型的"严肃音乐家"：不喜欢同代人那些缺乏逻辑支撑的加兰特音乐[1]，相信音乐是为了世界变得更好，它需要逻辑和思索；观众最好也能超越表面的花哨来了解音乐；音乐家不是展现身手的熟练劳动力。在跟同行讨论巴赫音乐的时候，他们都对巴赫在音乐上的不妥协深深服膺。在他们看来，巴赫音乐的难不是缺点，恰恰是吸引音乐家之处，其深度恰能证明职业音乐家不只是服务娱乐。

从1752年开始，哈通开始记"手账"。笔记本上记录了无数愤怒的时刻：生病的时候学生扬长而去，婚礼上的管风琴演奏被拖欠工资……不过提到音乐本身，他总是怀着真实的敬意。学生中有富人家的孩子，也有面包师、士兵、仆人的孩子。学生付的学费不一定是现金，还可以是一碗黄油、一件衣服等。哈通通过各种渠道挣钱，甚至给自己的学生抄谱，但还是很拮据，找富人借钱也是常事，另外

1　Galant，18世纪较通俗华丽的风格，类似洛可可。

他买彩票上瘾。通过他的手账，后人读到当时给管风琴踩风箱供风的人也兼职砍木头烧火；当时的音乐家圈子，有着紧密的行会关系，一人有难，同行纷纷支援。

对哈通来说，最感兴趣的事情还是音乐本身——他谋生的教书工作，相当大的一部分是教孤儿识字，而教跟音乐有关的键盘课，就算是自己喜欢的美差了。对成器的学生，他也格外慷慨。有个学生（后来成为管风琴师），只能付得起一半学费，哈通接受了，还花了笔钱从他做屠夫的父母那里买了六只鹅，聊作相助。后来，鹅送给了哈通的弟弟，"我也帮忙一起吃了"，日记中记下了这笔细节。

今天的Facebook上，也有管风琴家的群，群里的管风琴家从阿姆斯特丹到纽约，遍及世界。虽然时代的底色已经大不同，管风琴家的生活跟古人仍然不乏重合：每周礼拜的职责、曲目的选择（礼拜结束时送别会众的终曲，仍然是最自由展现管风琴家音乐野心的时刻）、工资的比较，教书的厌烦和喜悦，更重要的是，音乐跟世俗的相对隔离，管风琴家的自得其乐和对社区生活的妥协。只是，今天的管风琴家更为边缘化，教堂早已半空，社区里很难出现新琴安装之日万人空巷的盛况，它早已被电影首映、世界杯开幕的场景替代了。

三

音乐世界里，教学总是最稳定繁荣的活动，在人群中渗透最广。

巴赫时代甚至更早，音乐理论书就有了不少，但是，写书教人学音乐还是未闻之事，"管风琴演奏法""作曲指导"等也不是音乐家能想出来的写作题目。巴赫若要教人，方式都是写曲子；至于演奏，仍然是口口相传、日日练习。的确有人写过一些理论书籍，除了总结音乐原则，就是收集一些装饰音演奏法的标本，用表格记录下来。还有些文字，写下了当时老师们所相信的原则（巴赫的儿子卡尔·菲利普·埃马努埃尔·巴赫的大作《正确演奏键盘乐器的真正艺术》是其中典范），也鲜有对"为什么"的探讨。

这个时代里，最有名的理论家和"乐评人"就是马特松（Johann Mattheson，1681—1764）。此人是作曲家、理论家、作家，还是亨德尔的密友，对音乐有一整套自己的理念，比如今天看来仍然相当有趣的，把修辞学和音乐相对应的说法，至今，有些学者仍然在不倦地探索两者的关系。音乐（尤其是曲式）和演说的方式肯定有所呼应，因为都有呈现、展开等，叙事有高潮、始终，音乐也有，虽然不能一一对应，但至少在隐喻层面是相关的。

指挥家加德纳的《天堂城堡中的音乐》一书，把巴赫、亨德尔、泰莱曼、拉莫、斯卡拉蒂、马特松同列为"85级"，也就是1685年左右出生的几位大师，向马特松贡献了很多笔墨。虽然如今马特松在"85级"中名声最弱，但其人聪明异常，是真正意义上的通才和风雅之士。不过按加德纳的说法，马特松在书中声称"作曲家存在的意义，在于写出激发严肃、热烈、持久并且极为深刻的情感的音乐"，本人却并未那么执着地追寻理想。马特松有寥寥几部传世的作品，比如为小提琴写的《咏叹调》至今存于曲库，但终归是冷门曲目。他是个聪明的通才，按加德纳的说法，对于理想而言，马特松有些过于聪明了。除了拉琴作曲，他还有副男高音的好嗓子，渐渐在歌剧世界中如鱼得水——从16岁就试着写，成了汉堡歌剧院里的红人。"85级"中，几个德意志人亨德尔、泰莱曼和马特松都在歌剧院干得顺风顺水，只有巴赫是例外。马特松对歌剧是真爱，他说过"歌剧院才是真正的音乐大学，也是作曲家和演员的音乐实验室"。

把他跟巴赫放在一起的话，可以说"无法更加不同"，除了对歌剧，两人对理论的态度也大相径庭。《巴赫之上》对他的讨论，主要就集中在和巴赫相左的加兰特风格。这对成就极广的马特松来说，可能略欠公平，尤其是在巴赫的参照之下。而我对马特松的音乐，能找到的几乎都听了读了。他的音乐整齐开朗，方向简单，即使相对于拉莫，马特松的线条都有些太"简单"了。简单并不是不能传世的理由，但在今天看来，它能盛装的东西太少，能照射的距离太有限，很快就消失在历史的茫茫黑暗中。

加兰特风格，可以算作始于"德意志的洛可可[2]"，简化地说，是站在对位性强的"巴洛克"的反面，比如相对简单、优雅、愉悦，装饰性强但主线明晰。这个时代，充斥着布列舞曲、小步舞曲、加沃特舞曲等轻松小调——上文提到的博斯小姐，其学习的曲目应该也是以这类音乐为主流的。这种情况颇让一些"严肃音乐家"担忧，有人甚至认为"文明末日即将到来"。尤其是，这些东西当时已经出现在教堂中，简直是世风日下。而这个时期，键盘音乐多

2　Rococo，始于法国路易十四时期的艺术风格。

属此类，背景是都市生活的富足和优雅。巴赫的音乐也要展现得优雅，结果人们发现太难了。对多数人来说，巴赫音乐的智性，并非他所需。

这种背景之下，一位柏林的音乐理论家福尔曼（Martin Fuhrmann）把赋格音乐定位为"严肃音乐"，也就不奇怪了，此人也是后来的巴赫拥趸之一。当年，从马特松的角度来看，观众对加兰特风格的音乐充满信心没有什么不好；像福尔曼那样，跟众人口味为敌，这会妨碍人们享受身边美妙的音乐。马特松写过一本《管弦乐队新观》（*Das neu-eröffnete Orchestre*），就是宣告这种风格给观众带来理解音乐的新方式。

到底谁为保守，谁为激进，谁代表时代精神？这恐怕是让后人糊涂的命题。用语言来概括和简化，本身就是"错"的，掺和上时间线则错上加错。可是历史离不开时间线，没有语言我们又没有思考的方向，更无法面对历史。

至于同时代人巴赫，对马特松的态度不算客气，在他眼里马特松压根就是个平庸的音乐家，顶多写写"理论专著"。两人互相没少放冷箭，差不多撕破了脸，巴赫大人本非平和之辈，把基督徒的忍耐早扔到了一边。

四

《巴赫之上》一书的作者在全书的结语中写道:"18世纪的德意志,不仅被丰富的键盘音乐所张扬的文明推动,同时也被键盘音乐对'文明'的减损影响。"这是书中的结语说的,颇有意味,可能也适用于别的年代和语境。但凡有人之处,"运动"都是杂乱的,个体的心智更会自在张扬,后人视角总结得出的,有方向、被传承的"文明",跟这些运动只有短暂的相切,近看则更多是背道而驰。

读罢全书,我大为佩服作者在一手档案中搜寻史料的能力。他的研究领域正包括"巴赫之网",他编过一期学术丛刊 *Bach Perspectives*,主题即为"巴赫和德意志同时代人",收集的都是事关"巴赫之网"的学术文章。总的来说,我们这个时代,不一定能产生伟大的杰作,但我们的技术能力前所未有,对"过去"的历史复原成果不断登上新高峰。自从巴赫被认定为伟大的音乐家,哪怕一生寂淡、波澜不惊,但在音乐学家、历史学家对史料不断搜求下,又因为一些资源的逐渐公开,不断有惊喜发现,这样一来,看上去我们对古人的针头线脑都能还原了——巴赫的家人、巴赫的邻居、巴赫的管风琴、巴赫时代音乐家的工资，直到小人物哈通日常购物的支出—— 一切一切，因为巴赫的辐射而有了意义，也给巴赫凑出了更细腻的拼图。

对演奏家来说，不了解古人的生活，未必就演奏不好他们的音乐，因为我们都承认一些相对的"普世价值"（有些自相矛盾的说法）千百年来仍然在人类中一呼百应，无需解释，我们哪怕以自己的想法去投射古人，也未必不能在音乐词典中构建新鲜的词汇表。

不过了解古人音乐背后的生活，不仅仅是一个了解和表演音乐的技术问题，这个过程会提醒我，音乐的"意义"不是一个静止、确定的东西。音乐的意义难讲，不是因为它没有意义：意义是人讲出来、活出来的，与音乐有关的人和语言多了，音乐自然就有了意义。人生和历史都是流动的，那么人跟音乐的关系也是流动的；音乐的记录方式、思考方式确实跟通常"时间""人物""事件"之类的语言程式相左——上面说过，很多人都对音乐和演说的关系孜孜以求，希望把它驯服成一门学问，但除了形式、结构的表面共性，两者的相容终究有限。音乐践踏文字的脉络，射穿文字的容器，不会久居其中。无论古今，音乐以及

"音乐与人"都是被语言漏掉的东西。可是另一方面，人的日常，历史的全景，同样会从典籍中溢出。无论后人对博物馆或者法院里的档案怎样追索，仍然有大片的人生不断逃逸和丧失——今人无暇细究全部，因为我们还有自己的世界要活。

在讲过小姐、男士们在社会生活中以"弄乐"来社交或者表达自我的场景之后，作者在结语中还说："在巴赫的时代，所有的音乐活动，无论作曲表演还是倾听，都是向周围的人获取关注和喜爱的方式之一。他们喜欢音乐，但对人更感兴趣。"这就是音乐和世界的日常。它们主要是平庸的世俗场景，盛开在欲望之中。而音乐之河，正是沿着世代人生而过，至于巴赫这样的名人，倒像是其中的礁石——音乐会在这里打结、盘旋、改道，但它也会被时代冲走，无可安放。

附记：本文写作几年之后，作者居然有机会在莱比锡的巴赫博物馆拜访博斯小姐一家的故居"Bose House"，它就在巴赫生前工作时间最长的托马斯大教堂的旁边，其奢华程度远超我的想象，可见彼时的贫富差距比今日尤甚。博斯的父亲收藏了很多艺术品，后来房子变成对公众开放的博物馆。19世纪初，这所房子里的四百多件藏品被拍卖。

参考文献：

1. *Beyond Bach: Music and Everyday Life in the Eighteenth Century*, by Andrew Talle, University of Illinois Press, 2017.
2. *Johann Sebastian Bach: The Learned Musician*, by Christof Wolff, WW Norton, 2015.
3. *Music in the Castle of Heaven*, by John Eliot Gardiner, Penguin UK, 2014.
4. *J.S. Bach and His Contemporaries in Germany* (*Bach Perspectives, Volume 9*), Edited by Andrew Talle, University of Illinois Press, 2016.

海顿和时代中的音色轶事

一

哈佛大学的音乐教授多兰（Emily Dolan）出版了一本名为《乐队的革命：海顿和音色的技术》的书，除了讨论海顿的清唱剧《创世纪》《四季》和很多交响曲中的配器，也介绍了当时的乐器发明，尤其是"音色"这个概念在文化中的历史。音色，是音乐中最难描述的部分，连乐谱都不能帮忙，只能依赖人脑的经验和想象去调动共鸣。所以我很好奇，学者们怎样谈论音色？最终，还是得自己动手——好在各种录音近在咫尺，读到哪首，立刻打开网上的总谱，也能立刻看到演奏录像中乐器的切换。

还是先重述一部分多兰教授笔下的海顿。在今天，海顿为人所知，除了"交响乐之父""室内乐之父"的地位，恐怕是因为他的音乐涉及范围极广、轮廓清晰、旋律通俗好记，并且有一定的模式。至于《惊愕》《告别》中那些故事，可供普及古典音乐时，难得能抓到文字里的叙事——虽然在本人看来，在第94交响曲中等待那一声孤立的"惊愕"，你不仅会失望于它的平凡，还会失望于它的庸俗。不过如果了解一下海顿，惊愕是有道理的。他有小卖弄、小滑稽，但背后的"局"，那些铺垫、那些大开大合、那种不断自我更新的魔力，就不是那么容易总结的了。

历史上，对海顿音乐的记载，常有"复杂""华丽""大胆"等描述。他是个精致结构的卫道士，同时也是音色大玩家。《创世纪》的序曲描述的是混沌世界，除了华丽音色一波波涌动，音乐走向则相当有序。其实，这种类型的音乐，真正在字面上接近"混沌"的，要算法国小提琴家勒贝尔（Jean-Féry Rebel，1666—1747）的一部名叫《元素》的交响曲（"元素"在这里指的是气、土、火、水），第一章"混沌"就是这样一个癫狂的曲子，开头一簇提琴声的乱象，真正是预测"怒放的生命"，令人惊惧。这个诞生于17世纪、六分钟长的曲子，听上去更像斯特拉文斯基。而"混沌"之后，音乐完全沉入传统形式，好像元气耗尽了。

《创世纪》则不同，开头是和谐的齐奏，之后也没有陷入狂乱，格式仍算规整。多兰引用查尔斯·罗森在《古典风格》中的观点，认为海顿使用的还是比较有序的奏鸣曲式，不过终止式相当不清晰，算是一种暗示。多兰认为，海顿体现出了一定的清晰和秩序，但也有刻意的汪洋恣肆。他表达这种"混沌"的主要手段，不是和声或者曲式而是配器，各种乐器（尤其管乐）的花式表现都达到了当时之最。在这里，海顿仍然有"惊愕"之声，比如八分钟之前的一下暴击。为了保护这个类似"惊愕"的效果，他煞费苦心，排练时都没剧透。首演那一刻，合唱和独唱在屏神静气之后，突然一句"上帝说，要有光"，乐队爆裂出C大调和弦，瞬间撕碎天际线。当时坐在底下的海顿，据说眼睛都冒出火来。之后，音乐里有歌声，有雄鹰、狮子、老虎的哼声，有百灵鸟的轻唱，那个爱讲音乐笑话的海顿还在。海顿音乐的激烈和广阔，让贝多芬都当场落泪，轻轻吻着老师的手——那是1803年，两人关系很僵，师生反目成对手，后来渐渐改善，大概有赖于海顿的高情商。一般来说，激烈的效果经不起重演，但《创世纪》演了多年，仍然不断有观众当场大惊大恸。

19世纪后，海顿的声誉一度一落千丈。贝多芬虽然从海顿那里学了不少，却没少抨击他——毕竟学生一定要跟自己的老师不同，何况贝多芬哪是克己复礼之人。海顿的典雅、均匀、对称和稳定，在19世纪欧洲已经不吃香了，其乐队编制也越来越容易被模仿，并被模仿者淹没了。之后的乐队愈加全面，训练得越来越成熟，乐器品质也越来越好。有人说一个乐队就是一个理想的民主社会：各司其职，和谐相处。而这种整体的和谐，才能让个体实现最大的自由。作者多兰认为，18世纪的欧洲政治，离这个理想还很远，但这个目标渐渐地，在现代管弦乐队中实现了。其实，所谓民主的管弦乐队，哪怕演奏以"地位平等"著称的海顿作品，仍然存在着明显的等级感，从座位上就可以看出来。

不过，19世纪初的评论家米凯利斯（C. F. Michaelis）在《柏林音乐美学》中愤愤地说，莫扎特和海顿，都是较早[1]大量使用管乐器的人，模仿者众，但大部分人都不懂得运用乐器的关系，只追求华丽的、孤立的乐器声响。

然而，欧洲乐队历史漫长，民族、文化芜杂，并不好总结。大致罗列一下，从早先的宫廷乐队以及歌剧、戏剧的配角，到17世纪法国人吕利的小提琴带领的乐队，罗马人

---

[1]　其实更早的蒙特威尔第、格鲁克都用过铜管和木管乐器，不过海顿、莫扎特让小号、长号、长笛等成为乐队的常规部分。

柯莱里演奏乐剧、康塔塔的乐队，还有德意志的斯图加特乐队，创造出"火箭头"般渐强的曼海姆乐队，直到成熟的所谓"古典主义乐队"，也就是海顿和莫扎特时期，虽然跟现在的乐队还有不小的差别，但已经是现在能够认出来的、在某种程度上延续的音乐传统了。乐器的配置当然也一路变化，曾经，管风琴、羽管键琴也是某些文化和地区中的乐队标配，小号、定音鼓则或有或无。乐手们也渐渐从多面手变成专家——专业技术越来越高，作曲家可以遣用的手段越来越多，乐器的可能性也就挖掘出更多。"伟大的艺术家向人展示出，小号居然也可以用来表达悲伤。"这是诗人、音乐家、评论家舒巴特（Christian Schubart，1739—1791）在《关于音乐的一些想法》（*Ideen zu einer Ästhetik der Tonkunst*）中写到的。高手扩展乐器的天性，非高手违逆乐器天性，只剩削足适履和整体效果上的弄巧成拙。话说舒巴特本人是一介狂生，也因时运之故，在政治和音乐中纠结，曾因为写作攻击教士入狱十年，被弗雷德里克大帝放出来后，在斯图加特剧院当上了音乐指导，一生大起大落，也阅尽世态。他目击过莫扎特跟比克（Franz Ignaz von Beecke，1733—1803）的音乐比赛，和伯尼（Charles Burney，1726—1814）同样是当代欧洲音乐生活的重要记录者。

管弦乐队的故事，仍然曲曲折折地讲述着。1844年，柏辽兹在《巴黎音乐公报评论》(*Revue et Gazette musicale de Paris*) 上发表了一个故事 *Euphonia*，设定居然是"24世纪"。文中描述的管弦乐队编制，出发点不是音乐的美感，而是在剧院中是否足够大声。柏辽兹自己精于配器，反对单纯追求宏大的配置。此时，技术不断发展，在乐队里堆积更多的乐器已非难事，尤其德国作曲家最爱"大轰大嗡"，管乐器的使用不断创纪录。评论家泽尔达（Carl Zelter）说过，海顿在慢板中使用小号或定音鼓，那是经过精心计算和控制的，而现在的交响乐，几乎没有哪个慢板不用小号和鼓，听惯了，它们也失去了效果。

"大轰大嗡"派中，也有不可忽视的人物，贝多芬算一个——今天的听众更会赞美他的"激情澎湃"，但当年他因为"无必要地使用过多的管乐器"（斯波尔语）也被专家们黑得够呛，连相对传统的第一、第二交响曲及钢琴协奏曲都没少挨骂。之后的罗西尼更不用说。达尔豪斯（Carl Dahlhaus）说他（罗西尼）"为了表演而表演"，"他的音乐的缺点在于太有'效果'了"。罗西尼其实深受海顿影响，《四季》《创世纪》都是他最喜欢的作品。在他这里，"噪声"和"力量"也就是个措辞问题。

二

　　配器这门学问，总会引向对音色的讨论。我觉得"音色"一词虽平易，却能容纳相当的历史。比如海顿的粉丝中有位作曲家加德纳（William Gardiner，1770—1853），热衷于把管弦乐队的各种乐器去对应颜色，小提琴是粉红，低音贝斯是猩红，单簧管是橘红，等等。他认为自己跟牛顿所见略同。牛顿也认为光与色可比，既然音阶由七个音组成，那么颜色也应该有七种——为此牛顿"创造"出一种颜色：靛蓝（indigo）。其实，牛顿对应的是音高与颜色，而加德纳是音色与颜色，两者很不一样。

　　最终，不管是牛顿还是加德纳的类比，都昙花一现。渐渐地，人可以跳出自己的感官印象来归纳自然界。对颜色的指称，跟音阶一样，是充满偶然的文化习惯，自然也跟人的感官能力相呼应。颜色可粗分成三种，也可细分成两百种，声音亦然。更重要的是，声音和颜色并不存在对应关系，音阶的那种循环性，在颜色中是不存在的。而音乐中的泛音、和谐感、和声等在颜色中也没有直接的对应；色彩的调和跟和弦也不是一回事。

而两者的共性是，都深深地跟社会文化互相作用，并且烙在各种语言里。在网上搜索"Timbre"一词，在四十多种语言中都有详尽介绍。中文里，"声音明亮""音色华丽浓郁"等词语都极为常见。管乐不用说，连相对素净的钢琴，都能激发颜色的联想。所以，牛顿当年的声色之论，对艺术家、哲学家必然有着诗性的启发。

18世纪的法国数学家卡斯特尔（Louis Castel，1688—1757）对牛顿的理论很感兴趣，虽然并不完全同意，但他认为一定有办法把光和声统一起来。1725年，他展出了一台"视觉羽管键琴"（Ocular Harpsichord），引起轰动。这台琴上方有六十多种彩色玻璃，罩着帘子。某个键触动的时候，帘子就打开，光线从彩色玻璃中射入，好像声音制造出颜色。卡斯特尔认为这是"天堂中的景象"，大家开始讲同一种语言了——音乐和颜色的统一，不就预示着宇宙终极语言的统一吗？这种现场的激动，用今人的话来形容可能就是"太燃了"。著名音乐家泰莱曼还急切地给它写了几首曲子。可惜卡斯特尔的模型并不太成功，他自己对理论设想的兴趣更像"空中楼阁"，在朋友伏尔泰的敦促下才开始动手实现。乐器的轮廓渐渐有模有样，不过到1757年他去世仍壮志未酬。但卡斯特尔的野心不止于揭示光与色的联系，他觉得人类即将拥有一种新的艺术形式。只有声音的艺术实在太单调空洞了，音乐是看不见摸不着的，但颜色和形象则可以描述，那么有了颜色的音乐，不是更容易被语言捕捉吗？

卡斯特尔之后，有人设计"色彩管风琴""色彩羽管键琴"也就不稀奇。有人走火入魔，还设想了（似乎并没有实现）一种"猫琴"，每个键按下去，就会压住一只猫的尾巴，而这些猫根据年龄、品种排列在琴中的木槽里，"喵喵"之声自然形成一种音乐。

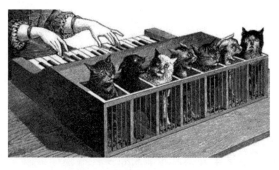

猫琴

伏尔泰最终也没有接受卡斯特尔的羽管键琴和他的"音乐视觉美学"。科学家们否定了声音和色彩的机械联系，批评家们也开始谈论音乐和绘画在美学上的根本分别。最终，很多知识分子的结论是，这个实验，最终只能表明音乐"不是"什么。或许，从技术上真正允许声和色并行，要等到20世纪的多媒体了。声与色同时喷薄，不好说到底生成了什么有意义的艺术，起码提供了一种声色同发的满足感。

三

那么，音色到底是怎么回事？音色的历史，也就是乐器的历史，声学的历史。而"音色"这个声音元素，不像音高、音量那么好衡量，长期以来它都属于不可说的"边缘元素"，到了狄德罗的百科全书才第一次被正式提到。该怎么描述音色呢？"灰暗""忧郁"这类词语都有帮助，但实在太模糊。音色是一种逃离语言、不时欺骗语言的元素，人只能通过身体力行，才能用自身经验这个容器盛装它，甚至只能用"它不是什么"来凸显它的轮廓。

科学一直贪婪地追捕着那些诡异的东西。直到今天，大家一般用频率（也就是音高）、响度和音色来衡量音乐，前两者都有确定的数字来识别，而"音色"仍然显得复杂——

虽然它可以被衡量、识别、复制，但标准往往是一套而不是一个参数。比如，不同基音的混合比例造就不同的音色；一定时间范围内，声音持续或者衰减的模式也造就不同的音色；音高影响音色，音量也影响音色；等等。从乐器角度来说，乐器的形状、大小、发音的方式都决定了音色；在辨别音色方面，人耳加人脑，这套精度欠缺但会自动进行"傅立叶变换"的滤波设备，倒还算一种可靠的、可以代代相传写进历史的装置。人们无法描绘音色，但能判断和模仿它（普通人能辨别至少几百种音色，比如熟人的嗓音，跟一些名言相联系的名人嗓音等）。乐器和演奏的过程，虽不能直接把音色写进文字，但能增加人类的听觉经验库，从而丰富语言，从各个角度逼近它。

无论什么年代，总有人在尝试新乐器，新音色也就应运而生。技术发展快的年代，乐器也会大发展。美国政治家本杰明·富兰克林（1706—1790）就发明过一个玻璃风琴（Armonica），把各种尺寸的玻璃碗串在一起，用手指摩擦来发声。本来，在玻璃杯里灌上不同深度的水，摩擦杯边来发声并不奇怪，这种"乐器"历史悠久，但其局限是，两只手只能接触两只杯子。富兰克林的乐器是一串玻璃碗，可以用指头点到好几个。各只碗涂上不同颜色，标识更清楚。

富兰克林因当时工作之便，频繁来往于伦敦和巴黎，把这个新鲜玩意传到欧洲。它的声音效果柔和迷人，知名度相当高，也吸引过大腕为之写音乐，包括莫扎特和贝多芬。

后来，不幸的事情发生了，一些演奏玻璃琴的人患病，甚至身亡，玻璃琴被一些城市禁掉——有人猜测是因为彩碗颜料含铅之故。富兰克林不理睬传言，自己玩得兴致勃勃，直到去世，自身也没有显示出铅中毒的症状。但玻璃琴的声誉，是不可能复原了。

当时的一台玻璃风琴

玻璃风琴（作者摄于莱比锡乐器博物馆）

还有一些更花哨的乐器，始作俑者都是机械师、工程师。19世纪初，一个叫斯特拉瑟（Johann Strasser）的维也纳钟表匠做出了一个小小的机械乐队，曲目包括莫扎特《魔笛》序曲，以及海顿的"军队"交响曲。据说，演奏还相当有表现力，对真正的乐队模仿得很像，声音的收拢都学得惟妙惟肖。当时，俄国的叶卡捷琳娜二世热衷于邀请艺术家、工程师来俄国，小有名气的工程师斯特拉瑟就有机会来到圣彼得堡定居。他的杰作之一是一台三米之巨的带有机械管风琴的音乐钟，后来又设计了这样一个惊人的机械乐队，造价极高。为了挣回投资，斯特拉瑟拖着乐器巡回表演。最后，还是沙皇亚历山大一世支付了重奖。

不管外表如何，音乐钟的原理一般是这样的（下图是本文作者家中一个能演奏《祝你生日快乐》的小小音乐盒）：

金属针　　　　　　　金属突起

右边金属圆筒不断旋转的时候，左边一排长度不同的金属针就会撞击小小突起而发声（和声是可能的，因为多根针可以同时撞击）。金属针长度不同，就能发出不同音高的声音。金属突起的相对位置则体现音的序列。这样一来，音乐可以被记录了，尽管需要不同的圆筒来对应不同的音乐——音乐越长、越复杂，就需要越大的圆筒，斯特拉瑟的圆筒有一米多长，能演奏莫扎特的《魔笛》序曲，类似的滚筒当时做出来十几个，每一个都演奏八分钟左右。

当时，在机械制造不断发展的风潮之中，各种音乐钟、自动演奏音乐的"机器人"层出不穷，比斯特拉瑟更登峰造极的也有。发明了节拍器的梅泽尔（Johann Malzel, 1772—1838）就造出过两台机械乐队。不过在多兰看来，斯特拉瑟的特别之处在于，他的音乐钟处理微妙之处更佳，并且能演奏一些相当肃穆的音乐，它的外形也犹如寺庙一般庄重，可以在葬礼这种场合演奏。这些过于精巧和有趣的乐器，放到现在看也是惊人的机械成就（背后的艰辛和智慧，已经很难想象），但作为乐器则很少有成功普及的例子——除了管风琴这件乐器。如果乐队追求更光鲜多样的声响，那么在一个平行世界里，管风琴也会有同样的追求。既然很多工程师都梦想用一件乐器来包罗万象，那何不从现成的古老乐器——管风琴入手呢？它或多或少已经达到了这个标准，而它的音栓（音色）选择，就类似于管弦乐配器。

事实正如此，18世纪键盘乐器也在大发展，有人索性把音色丰富但不够细腻的管风琴和灵敏的羽管键琴混合到一起，让它好处通吃，如何？或者在羽管键琴上装个脚键盘，让演奏者三头六臂，如何？奇怪的是，这些"加强版"并没有形成什么商业和艺术价值。19世纪，管弦乐队继续突飞猛进，而管风琴虽有变革，但因为教堂的地位不断下降，技术发展的风头并没有让管风琴重新大热。不过到了20世纪，尤其是在美国，一些大教堂的管风琴倒真是走上了乐队的路子，汽笛、汽车喇叭、海浪声、宝宝哭声都能入音乐，管弦乐队中的弦乐音色更是成了管风琴的标配。跟越来越大的乐队一样，管风琴也越来越大了。然而随着岁月流逝，仿古的、缩小的、更接近巴洛克标配的管风琴又慢慢回到主流，此为另话。

不管传统乐器如何精益求精，"新新乐器"如何奇巧，最终经过时代考验的，却是管弦乐队——它本身的协调、均匀和多样，仍体现了一定的"大机器"特性，但同时也是人们细腻协作的文明结晶。而前两年困挠人类的全球疫情，粉碎了乐队同台协作的可能，"去人性化"，这是邪恶病毒的另一个隐喻吧？它牢牢抠住人类需要近距离沟通这个死穴。

四

　　法国作家巴尔扎克在《人间喜剧》中有个关于音乐家的故事，《冈巴拉》(*Gambara*)。其中的一位浪漫派作曲家宣称："音乐家觉得自己的作品需要一百人的支持才能表达出来，乃尴尬之事。莫扎特和海顿离开管弦乐队什么也不是。"

　　"音乐是独立于演奏而存在的。"乐队指挥说道。他虽然耳聋，但还抓住了辩论中的几句话。"一个懂音乐的人，当他打开贝多芬的《c小调交响乐》时，很快就会乘着还原G上的主题，又经法国号用E加以反复的主题那金色的翅膀飞升到幻想的王国里去。他会看到整个大自然，一会儿被耀眼的余光照亮，一会儿被忧郁的乌云遮盖，一会因仙乐而变得欢快。"

　　"新潮派已经超越了贝多芬。"浪漫派作曲家轻蔑地说道。

　　"他还没有为人所理解，"伯爵说道，"怎么会被人超过呢？"

......

"我觉得音乐仍处在童年时期。这个见解，我一直保留至今。17世纪以前音乐界留给我们的一切都向我证明，古代音乐家只知道旋律；他们对和声以及和声的无限源泉一无所知。音乐既是科学也是艺术。它扎根于物理与数学之中，这就使它成为一门科学；通过灵感，它又成为艺术，而灵感不知不觉地运用科学定理。通过它应用的物体本源，它与物理相关联：声音是空气的改变，空气由各种成分组成，这些成分在我们身上肯定会找到与其相对应、通过思想的力量有了共性并加以放大的相似成分……在我看来，声的本质与光的本质是相同的。声是另一种形式的光。声与光，二者均通过震动及于人身，人又在神经中枢中将这震动变成思想。与绘画一样，音乐运用一些能够从介质中分离出某种特性的物体以组成画面。在音乐中，乐器起着在绘画中运用色彩的作用。一个发声体产生的任何声音总是伴随着它的大三度音及其五度音，它影响置于悬挂的羊皮上的灰尘颗粒，于是按照不同的音量，在上面画出总是相同的对称结构图形……既然如此，所以我说音乐是在大自然的肺腑之中织成的一种艺术。音乐服从一些物理和数学的规律。对物理规律，人们认识得不多，对数学规律，人们认识得稍多一些。自从人们开始研究音乐与这些科学之间的关系以来，便创造了和声。在这方面，我们应该感谢海顿、莫扎特、贝多芬和罗西尼，这些美妙的天才自然比他们的先驱者创作出了更完美的音乐，他们的先驱者自然也是无可争议的天才……如果我们能找到物理规律，依照这些规律（请您牢记这一点），我们按照待寻求的比例，将散布在空气中的某种含醚的物质数量或大或小地集中起来，我们什么境界达不到呢？"

音乐家冈巴拉这几段话，可以说呈现了当时人们对音乐与科学的一种认识——人掌握了音乐的科学属性，音乐就会突飞猛进。那是一种激动人心的开端和图景，然而作为遥远的后人，谁敢说18世纪的音乐处于童年时期？我们不会狂妄至此。

不错，多年来，技术时代的乐器不断地出新和淘汰，有一些变成小众的爱好，也有钢琴这样的例子改写了音乐生活。今天所谓的传统乐器，不过是因为种种原因"幸存"下来的一部分。音乐非常微妙，非常永恒，却也非常技术、非常物质。因为音阶本身的循环性，音乐相对容易编码，所以跟数学、科学终会产生亲缘关系。技术风潮一来，它总是很快就往程序化、自动化的方向奔。如今面对经典和成型的管弦乐队，只有少数对历史有兴趣的人才会去追溯其背景——而它们的时代，是科学、工程大发展的时代，是"自动演奏"诱惑人的时代，曾经的宫廷音乐家海顿，也会为自动演奏机写曲子，种种奇技淫巧也是古典主义背景的一部分。乐器换了又换，那些大师的生涯也并没有完全超越器物，幸运的是，我们的乐器还没有变得让古典大师完全认不出！

那么，到底是乐器给作曲家带来新灵感，还是作曲家的需求催生了乐器的改进？这个问题，可能类似于人的语言（对音色的指称和区分）和音色究竟如何互动。各种情况一定共存，许许多多暗涌的力量一定会互相牵扯。一方面，乐器和配器，并不是越花哨、越有噱头越好，尽管那些出奇好玩的东西，在一定范围内会有强大的生命力；另一方面，谁也不能忽略人类"玩心"所推动的历史——玩心完全可以驱动政治经济，比如一次国王的庆典和婚礼，就可能催生一些新鲜的歌舞设计——但平民的好奇心也不差。人类的主要能量都用在生存、生产、传宗接代上，但人脑总会被目标之外的东西诱惑，没什么所图的大笑、没什么结果的快活，都松散而大量地存在，它们因为方向不强所以走不远，从而被遗忘，但也有许许多多的分岔偶然地相碰而结网。美国作家约翰逊（Steven Johnson）的《奇境》一书，就是关于历史上的音乐、衣服、味道、游戏是怎么驱动文明发展的。历史充满偶然和不巧——也许海顿错过了很多，他的时代如果拥有更好的双簧管，他也许会写出不一样的音乐，然而他拥有过如今已经消失的古低音提琴（baryton），为之写了一百七十多首曲子。一种声音消失，一类词汇也将消失，这些词汇背后的日常也就会消失。历史拼图中的"一小朵"失去边界，融入其他形状之中。

历史总在X未能等到Y从而死去，或者因为Z的出现而进化成A的乱象中，糊里糊涂地运动。

参考文献：

1. https：//www.fi.edu/history-resources/franklins-glass-armonica
2. https：//history-computer.com/Dreamers/Strasser.html
3. *The Orchestral Revolution：Haydn and the Technologies of Timbre*，by Emily Dolan，Harvard University Press，2013.
4. *Wonderland：How Play Made the Modern World*，by Steven Johnson，Riverhead Books，2016.
5. *The Birth of the Orchestra：History of an Institution*，*1650–1815*，by John Spitzer，Oxford University Press，2005.
6. *The Cambridge Companion to Haydn*，by Caryl Clark（Editor），2005.
7. 巴尔扎克《冈巴拉》参考袁树仁译本（人民文学出版社1984年版）及Clara Bell and James Waring的英译本。

里特、霍夫曼和舒曼

—— 德国浪漫时代剪影

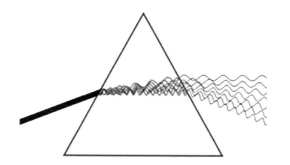

一

　　他还清楚记得诺瓦利斯第一次来访的情景。他住在一个孤立的小巷的陋室中，经常一个月不出门。他的全部伴侣就是一些宝贵的老书。在这样孤独的环境中，他没想过会有朋友来访。可是他跟诺瓦利斯一见如故，成了热烈的朋友。

　　不过，眼见他身处孤立的境地，诺瓦利斯觉得他得其所归。

　　上文来自里特（Johann Wilhelm Ritter）半自传《一个青年物理学家的札记》（*Fragments from the Estate of a Young Physicist*，下文简称《札记》），文中指称的"他"，其实是

作者自己。不过自传真真假假，既是自述，更是理想的寄托。里特是19世纪初的德国物理学家、化学家，对文学和音乐也有同样疯狂的热情——不仅仅是喜欢，他认为音乐、文学和科学有着统一的出发点，终生矢志证明之。他受歌德的称许，跟诺瓦利斯、施莱格尔、洪堡等人相熟。这个圈子中的一些人，形成了一个"自然哲学"运动，在后世有褒有贬，而它引发的灵感和亮点，已经融入历史，唯其起源，后人的兴趣已经不大。历史一直无情地重复这样的淘洗。

用现代人后验的成见加想象往回看，里特似乎是这样的形象：热烈，生动，说话急促，有曲折的爱情和精彩的友谊，贫困，执拗，感伤，愤世，有几分自恋和自怜，最终死于孤独……这样一个跌宕一生（larger than life）的奇士，却没有留下太多的传奇，除了半自传的札记。里特出生于1776年的西里西亚省（Silesia，当时属普鲁士），早年是医药房的小学徒。19岁的时候，里特大胆地辍学出走，自己跑到耶拿——一个学术空气十分自由的大学城，注册了大学。在学校里，他渐渐成了一个小有名气的实验家。在追索物理秘密的时候，里特坚信"各种科学规律都是彼此联系的"，这样的信念引领他发现了电镀现象。当时已经有了

"伏打堆"（早期电池），其工作原理在当时尚不清楚，人们只知道把锌板、铜板夹着浸有盐水的布或纸板堆积起来，会产生电流。里特对这个现象特别感兴趣，后来跟其他科学家各自独立发现了水的电解。他自己还做了一个有五十层的电化电池。

他渐渐成了实验狂人，用自己的身体——耳朵、眼睛、鼻子甚至下体——来做电解实验。"电池是我的妻子"，因为太着迷电解过程这个"大自然中的正负极"的想法，他恨不得到处应用。听到天文学家威廉·赫舍尔关于红外线的讲座之后，他开始揣测，是不是可见光谱中会有跟红外线相对的另一极呢？

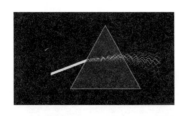

一束光穿过棱镜的示意图，不同颜色的光线有不同的波长

赫舍尔把温度计放在反射出红色的光线之上，发现温度计仍然移动，结论是这个看不见光的区域，仍有能量出现。

而里特虽然并没有直接验证猜测，因为温度计并不容易敏感地显示紫色之下的反应，但他把氯化银放在棱镜反射出光紫色之下的部位，发现它由白转黑的速度加快。里特把这种光称为"化学光"，也就是后人所知的紫外线——这可是永载史册的发现。

和物理兴趣平行的，是他对世界终极解释的追求。作为知识界中的一分子，里特热爱音乐——那毕竟是歌德、贝多芬的时代。歌德认为，诗人会帮助科学家认识世界，跟里特不谋而合。而整个18世纪的欧洲，人们对"生命的秘密"都很着迷，从宗教、科学、文学所有角度去猜测研究它，想找到一个根本的解释。这一点，从歌德的作品轨迹就能看出来。

此外，里特认为音乐是一切的根本，世间万事不能离开音乐，"没有任何人与人的交流不能用音乐表达"。既然电流从正极流向负极，那么音乐中的振动或许也有两极之间的往复，而声与光，在深处同样是统一的。"光拥抱万物，而音调是发声体的生命。每个音调都是有机的生命，表达自我的存在。"他还认为音乐是最深刻的语言，"我们言说的每一个词语都是一首秘密的歌，因为音乐在内部深深拥抱着它"。

28岁这年，里特不仅呈现了电池的秘密，还走进了婚姻。这对里特来说不仅是人生大事，也是"世界观"的一部分，"只有这样我才跟自然和它的科学融为一体"。同年，他被选入巴伐利亚科学院，英国皇家学会会长班克斯和大科学家戴维一直密切关注着他。看上去，他的职业生涯充满希望。

在里特的世界观中，一切都是"生命"拼图中的一块。电流、能量转换，不过是生命流动的形式。在"自然必存在两极""万物都有联系"的信念之下，里特也有很多设想，但后来被事实证伪了。比如他认为磁铁也能分解水，地球的南北极会有电流通过，水是一种元素，等等。尤其是，他坚信动物的生命力与电流有直接的关系，对这一点，重实证的英国皇家学会会员们无法被说服。不过，在耶拿，他是被视为先知的，诗人诺瓦利斯[1]热烈地赞美他："里特是在寻找自然界中真正的灵魂！"里特的执念从未休止，实验也越来越离谱，而对音乐深深的执念，并未让他在声学上有所作为（在他的时代，声学、光学研究都迅速进步，里特在这些领域恰恰没有站得住脚的发现）。渐渐地，连巴伐

1　诺瓦利斯当时是个煤矿工程师。

利亚的同事和学生们都远离了他，曾经那么触手可及的科学生涯消失了。后来，因为耶拿政府禁止了他的实验，他搬到了慕尼黑。那时，他贫困潦倒，身体越来越差——恐怕跟在自己身上不断地电击有关。他的精神越来越不稳定，对太太和四个孩子也置之不理，只埋头实验。1810年，34岁的里特在潦倒和癫狂中去世——几乎是浪漫主义音乐家舒曼的"物理学家版"。可是跟那些传说中的浪漫天才相比，他不仅生前郁郁不得志，死后也被掩埋在"浪漫时代自然哲学"的标签中，面目模糊。不过，《制造怪人：弗兰肯斯坦背后的科学》（*Making the Monster：The Science Behind Mary Shelley's Frankenstein*）一书提到，玛丽·雪莱的《弗兰肯斯坦》中的科学怪人弗兰肯斯坦，几乎可以肯定有里特的影子：用尸体的各个部位凑成一个人形，用电击刺激出生命来。里特的发现当时就给人如此极端的想象。

里特之外，另外一个打算"在电流中寻找音乐"的科学家，是丹麦人奥斯特（Hans Christian Ørsted, 1777—1851）。两人于1801年相识，因对"电与磁必有联系"的认识一拍即合——尽管当时电磁的确切关系还未被知晓。奥斯特曾经设想过光、热和磁都会产生电流，但无法求证。直到1820年，他才发现电流作用于磁针。这也是永载史册的发现。

里特和奥斯特的发现虽然很重要，却并未像法拉第、麦克斯韦一样揭示电磁的本质。顺便说一句，法拉第也有一套跟宗教相关的思想体系。他生于一个格拉赛特派[2]的教徒之家，而格拉赛特派的理念，就包括"自然与科学一体"——上帝创世，自然必定是相互联系的。据说法拉第对电磁场的设想，就起源于该教会"万物流动"的观念——他们相信自然与神同一，世界被看不见的联系充满。而法拉第的高明之处在于，他坚信无论多么优雅有意义的猜想，都必须为事实所验证。或许，里特在这一点上略有欠缺，他执迷于各种大胆的想法，被当时的实验否定也不放弃，但最终没有在实验结果和猜想的迷雾之中获得出路。

上文提到的"自然哲学"（Naturphilosophie），本来是从18世纪末到19世纪初，一些德国哲学家比如谢林、费希特等发起的运动，里特和奥斯特都是其中的重要人物。但是，"Naturphilosophie"一词，在后世已经成为贬义，现代人索性说它其实是"科学神秘主义"。他们"万物同源"的猜想本身是有意义的，也是时代产物，可惜世界跟人的猜

---

2 Glassite，一个少数派的基督教会。

想，总是有所重合也有所抵牾，并没有哪种风潮和系统一口气解决所有问题。人类思考的生命力，往往体现在从风潮"缺口"中的突破。

百年之后，里特的粉丝还包括沃尔特·本雅明，而且本雅明特别推崇这部《札记》，赞美里特"对人性和物理学家的科学本性有最真诚的结合""这是德国浪漫主义最重要的自白散文"。当然，热情总是双刃剑，有些科学家认为这些想法乃谬种流传，"如黑死病般可怕"。

二

18世纪末到19世纪的欧洲，在历史上被概称为浪漫主义时期，但它在各个文化中的表现，差别很大。对比英国和德国，前者因为处于第一次工业革命之中，诗人们感叹的是"失去田园和乡村"，反科学、求简朴、赞美自然成为文化主流。同时，科学发展迅速，科学和艺术逐渐分化，科学巨匠层出不穷。德国的浪漫主义[3]则更驳杂，这里毕竟有更深的哲学和神秘主义土壤，更理想化，不像英国那么

3　这里指19世纪初的德意志早期浪漫主义。

"实用"，其工业革命也远远晚于英国。这里的19世纪上半叶，出产的数学家、物理学家寥寥可数，倒是出了歌德和洪堡这两位各领域都染指的全才。而德意志在科学成就上的井喷，要等到19世纪下半叶了。

在艺术上，德意志的成就则一直无与伦比。这里说说一个如今不太著名，但极为有趣的天才——一个养育了众人，自己则跟后代脱节，所以掉出了经典队列的人，他就是与里特同年的霍夫曼（E. T. A. Hoffmann，1776—1822）——几乎整个浪漫主义风潮中的音乐、文学和美术，都有他的影响。

霍夫曼是普鲁士人，学法律出身，但他从小喜欢各种文艺，先后染指画画、音乐和小说。四十六年的生命不长，但精彩。他年纪轻轻就出入官场，但骨子里有毒舌的本性，曾经在狂欢节上画了军官的漫画，被人在舞厅里当场传开，丢了工作。后来当上法官，但是拿破仑占领波兰时，这些普鲁士雇员拒绝为拿破仑宣誓，遂一起被解雇。赋闲的时候，因为无法供养家人，妻子带孩子回了娘家，他索性认真追寻起音乐梦。音乐和文学生活之中，他又卷入一场不伦之恋，种种刻骨铭心化入作品，也算符合浪漫才子的形象。后来，拿破仑战败，他正好经历了那场德累斯顿战役，目睹了种种残酷和血腥，死里逃生。此时，他"官复原职"，重新成为律师，而且"以公平和良心著称"，十分成功。不过还是因为跟官员结怨，加上"毒性发作"，又在小说《跳蚤大人》中讽刺官场，小说被删减了一部分。多年来，他健康不佳，最终死于伤寒。

霍夫曼一生未离音乐。他指挥过莫扎特的《魔笛》等歌剧，写过交响曲、钢琴三重奏、钢琴独奏等，自己也写歌剧（很可能是为躲避政治高压），今天还有人出他的录音——不过在当时，他算不上"一线"音乐家，曾经退而求其次教学生并写点乐评。他也是较早的贝多芬评论者之一，而且是传世的评论者。想想看，他的年代，连莫扎特都还没被充分消化，更别说贝多芬了。他是贝多芬真正的同时代人，写过有着详细谱例的贝多芬钢琴三重奏、第五交响曲的评论，收在可称为小说、文集或者杂辑的《克莱斯勒言集》一书中，可以说是乐评的经典。终其一生，他是个创作者，也是出入职场、官场并阅人无数的音乐爱好者，贝多芬的拥趸。有人说，在音乐方面，霍夫曼留给公众最珍贵的礼物就是对贝多芬的理解。总之此人给后代保存的是一个一流的现场。

他的文学生涯是和法官时代并行的。在今天看来，霍夫曼最成功的地方在于讲故事，尤其是一类"魔幻现实主义"并且有讽刺味道的故事，也有几分阴森森的恶趣味。柴可夫斯基的《胡桃夹子》、奥芬巴赫的《霍夫曼的传说》都直接来自他。这些浪漫和恐怖故事如今已经不再是新鲜套路，当年可是红极一时（托马斯曼说过，霍夫曼是19世纪歌德之后唯一享有欧洲声誉的德语作家），德意志之外，巴尔扎克、波德莱尔、爱伦·坡都受到他的直接影响，而今天的读者说不定会从中想起卡夫卡。霍夫曼也是当时文化风气的一部分，他追求和谐统一的视角，和"文艺青年"、物理学家里特心心相印，比如在《克莱斯勒言集》中多次暗指里特，并且回应里特对音乐和语言的想法，甚至有一个主人公就叫里特·格鲁克——霍夫曼向来喜欢在作品中嵌入自己心仪人物的名字、生日，让人在解谜后才能读懂心意。

霍夫曼最有名的长篇故事当数《公猫莫尔的人生观，附乐队指挥约翰·克赖斯勒的传记片断》（以下简称《公猫莫尔》）。主人公莫尔是一只公猫（跟霍夫曼夫妇爱怜如子的宝贝猫同名），它发现了写着音乐家克莱斯勒生平的手稿，于是兢兢业业地在背面写起了自传，印刷工人收到的就是这样一部双面稿。此猫博览群书，曾经不顾主人责打，在书桌上狂读不已，尤其饱读德语哲学和文学，最后主人也服气了，任它自学成才，还允许它用爪子在书上轻轻划道子做笔记。莫尔是学霸猫，也是"文艺复兴猫"，聪明、虚荣、敏感，对哲学和文学未必真懂但以鸿儒自居。猫跟主人、跟音乐家克莱斯勒等人物并置，不时转换人称，这在当时是"重新发明阅读"的惊人写法。也许，霍夫曼就是把自己当作一个多重的存在，多种内心轮换发声——他的人生也正是如此。小说的线索，是音乐家克莱斯勒的爱情故事（这个主题贯穿了霍夫曼的好几本书），但莫尔君也有过轰轰烈烈的爱恨情仇。历经跟爱人的互相背叛之后，迷上了一只年轻的"美女"，但最终发现这是一场不伦之恋——这只小猫正是自己的女儿。故事悲喜相间，人物活灵活现，但手法不能算天衣无缝，有时人与猫的转换颇生硬，"人猫对位"也有些笨拙（不仅如此，霍夫曼喜欢把几个略有关联的人物故事硬拗到一起）。不过，这不是猫写在纸背上的吗？

另一本奇书《克莱斯勒言集》，在英语世界影响很小，至今都没有单行的译本，从研究者的著作中才能零星读到。它是有不少浪漫时代的烙印：热情满满、灵感四射，但不太注意比例的协调，或者故意突兀、失真，作者的自我淹没一切，却又常常隐藏于宗教叙事之中。此书的体裁"四不像"，包括小说、通信和音乐评论，但全书有隐隐的始终，有统一的人物克莱斯勒，尽管有时叙事者悄然变成霍夫曼本人。乐长（kapellmeister）约翰内斯·克莱斯勒（Johannes Kreisler），是霍夫曼的好几本书的主人公之一。上文提到的一些著名乐评就收在此书中，还有一些音乐生活的记录，比如提到音乐会上巴赫《哥德堡变奏曲》（虽然以观众逐渐离场告终），足见巴赫在19世纪初并未被人遗忘。在这里，巴赫被当作"真杰作"的符号，而世俗对之只能避之不及。

某种意义上来说，它跟罗曼·罗兰的《约翰·克里斯朵夫》有几分神似，都有对音乐天才的素描。克莱斯勒才华横溢、张狂并孤独（符合一般的天才刻板印象）。就像许多同时代的浪漫故事一样，天才和世俗温吞品位的冲突，是霍夫曼永远的主题，克莱斯勒是他的理想，也是自己在音乐世界面前不平的倾诉。这样的主题在《公猫莫尔》中也不断出现，不快乐的音乐家克莱斯勒在这个不给他容身之处的社会里，有反反复复的自我纠结，有"无奈而笑"的苦涩。斯宾格勒在《西方的衰落》中曾经把克莱斯勒跟浮士德、唐璜相比，可见其影响之深。克莱斯勒那些崇高的合唱作品，读者自然未尝听闻，它们都是通过猫之口来讲述的。不过霍夫曼还有戏谑幽默的一面。比如高傲的学霸猫某日偶遇母亲，发现母亲正在挨饿，立刻决定把自己晚饭的剩鱼头送来，可是回家取鱼头的时候忍不住把它吃掉了——"实在太好吃"，"我内心的猫的本能正在苏醒"，"我还是不要和大自然作对吧"。

在我看来，艺术家跟社会的矛盾，倒是霍夫曼文学中最有生命力的部分。艺术家跟当下总有点反叛和疏离，同时又需要社会的宠爱；社会也需要他们，但这种供需之间往往有"时间差"，也会受机遇左右，人的精神的轨迹就在种种延迟和错位中写成。人在书里书外的命运，偶尔和谐，更多是幽怨。"高雅""庸俗""小资""文青"之类的标签，在我们的时代都未退出热门话题，大概只要有人群，便有异于人群的个体，而这些个体也会结成松散的群体；永远都有以当下数量来胜出的群体，也有以"话语权"、时间轴纵向累积、粘连出来的群体。人群的差异仍在，不同的生活经验仍在，一方面互相刺激，另一方面难免死死护卫自我，对他者顶多有选择地共情，而那些需要细细体验咀嚼的感受，怎样才能传导给他人呢？

三

说来说去，经过考验的经典总还是可以谈谈并怀念，哪怕在我们这个许多幻觉都渐渐破灭的时代——其实我们还会需要一点传世的幻觉、一点知晓古人的幻觉，虽然总是从自说自话开始。

跟霍夫曼精神上联系最紧密的音乐家，就是舒曼了（偏巧两人最早都是读法律的）。他从小爱读文学，受歌德影响最深，也熟悉诺瓦利斯、让·保尔（Jean Paul）。他在信中说过霍夫曼的小说令他"醍醐灌顶"般豁然开朗。霍夫曼那种多重视角、结构松弛、比例自由的方式，一定吸引了他。是我非我，亦真亦幻，这一点体现在好几位舒曼追捧的作家中，他自己肯定也着迷于此。我们听者虽不一定纠结于舒曼音乐的"本事""谜底"，但大可假设舒曼心中是有自己的音乐小说的。一般学者认为，舒曼至少有四部作品直接受霍夫曼的克莱斯勒系列影响。《克莱斯勒偶记[4]》（*Kreisleriana*, Op. 16）之外，还有《狂欢节》（*Carnaval*,

---

4　《克莱斯勒言集》与《克莱斯勒偶记》在德语中均为 *Kreisleriana*，这里采取不同的翻译以区分。

Op. 9)，《幻想曲》（*Fantasiestücke*，Op. 12）和《夜曲》（*Nachtstücke*）。

在这里我只简单谈一谈《克莱斯勒偶记》。我听舒曼多年，读到霍夫曼之后才恍然大悟，开始明白舒曼那些显得生硬和任性的大部头钢琴套曲的由来——感谢霍夫曼！我过去把这些特点，归结于舒曼的人格，但现在觉得，至少他鼓励自己"分裂"，而且在分裂的状态下最为兴奋。无论是刻意构思还是即兴挥洒的作品，各种"我"伺机张口，立刻雄辩滔滔。他的钢琴作品，普遍有"谜之微笑"，《克莱斯勒偶记》是其中之一。不少学者认为舒曼的《克莱斯勒偶记》跟霍夫曼的《克莱斯勒言集》一书有最直接的关系，但音乐学家罗森认为《克莱斯勒偶记》跟《公猫莫尔》更相似。学者、钢琴家考斯基（Catherine Kautsky）倾向于后者，认为《克莱斯勒偶记》中真有《公猫莫尔》式的对位：某些段如二、四、六犹如精神性的克莱斯勒；而三、五、八段有着"公猫"的窜动和利爪张扬；钢琴音乐之下的钢琴家身体运动也体现了精神性和外在姿势之间的对立（*Music, Magic, and Madness：Tales of Hoffmann, Schumann and Kreisler*）。而这个包括八个小标题，近半小时长、足够让几代音乐家去消化的巨作，舒曼自称几天之内就写了出来。题外话，在后人看来，舒曼的时代是"后贝多芬时代"，虽然作曲家们害怕贝多芬的重负，怕到不敢写交响曲，可是这些浪漫人物一面躲闪贝多芬，一面悄悄自立山头，最终还是门派迭出，为音乐世界呈现了多少种精彩。舒曼自己就是一种，把"文学和音乐"推行到极致，生生逼得后人去钻他的牛角尖，弄明白德语字谜以求理解他的钢琴曲和歌曲。舒曼之后的两百年，作曲精英们仍然极力拳打脚踢，但那个广阔的天空，恐怕已被浪漫派们用尽，留给我们的是不是只有音乐和科技和人工智能了？或许有一天，3D打印能创造世界了，而精神的构建是同样能被"打印"，还是根本就不需要了呢？

可是，音乐语汇的天地或许用尽，人生的冲突、生命体验的隔阂则旋扫旋生。在霍夫曼的《克莱斯勒言集》中，克莱斯勒曾经在信中自述："他已经决意死亡。他走进这里的树林，用增五度伴随自刎。"可是他又在信的结尾写："让这个结尾安安静静地落在主音的和弦上吧。"这是克莱斯勒写给朋友沃尔本爵士的信。沃尔本是个"温和和高贵的诗人"，跟克莱斯勒同样孤独但更温柔，两人若即若离，有时彼此羡慕，有时捍卫自我，两人的信从未发出，最后各自无声消逝——说到这里，熟悉舒曼《狂欢节》的读者，恐怕会联想到他笔下狂躁的弗洛雷斯坦和文雅感伤的埃塞比乌斯了。在舒曼的《克莱斯勒偶记》中，声音在千里之远的调性中跳跃，脚不点地——这在他的钢琴曲中俯仰皆是。而高音区的明亮旋律温吞可爱有民歌风，却正是用来被低音的暗流打断的，简直分不清他在戏谑还是当真。听《克莱斯勒偶记》，也略如读霍夫曼，你一定要关注故事不断遭到剪切的节奏，那些写在"纸背"上的声音，因为它们时刻可能浸透和反转，而且毫无过渡。音乐不断在左右手、高低音间构成镜像，这是因为浪漫的孤独，还是最终指向自毁的绝望呢？而音乐中的对话，有时似乎真的"走丢"了，低音砸在弱拍上，左手和右手不再对话，它们彼此听不见。

而这都是舒曼想要的，至少是他所接受的。《克莱斯勒偶记》的结尾，就跟霍夫曼的《克莱斯勒言集》末章一样，主人公静静地消失。舒曼和克莱斯勒一样，在复杂和破碎之间徘徊。《克莱斯勒言集》末章叫作"学徒克莱斯勒的结业书"，结尾也就是"结业书"，是一个极有画面感的十字架，消失的克莱斯勒就将携它而行。霍夫曼在这里再次引申里特关于"音乐和世间灵魂共振"的话，他干脆说，"音乐是宇宙的语言"。

《克莱斯勒偶记》初稿写于1838年，此时"自然哲学""浪漫主义科学"的主张几乎消失殆尽，而"浪漫主义"却愈加不可收拾。音乐和语言的关系没有留在里特孜孜以求的论证中，却在舒伯特和舒曼的德语艺术歌曲中左右逢源。如今我们都知道"让属于音乐的归音乐"，并且音乐给人的隔阂很深，它甚至连德语的壁垒都突破不了，连哪怕只有一点差别的人生经验都突破不了，不少人以为"音乐是宇宙的语言"，却忘记了音乐同样会阻断回忆、加深鸿沟。里特的天真时代早已逝去了，那种将音乐视为真理的德国浪漫思绪也已远去。音乐出让了大片疆土，它在历史中渐渐成为"失乐园"，却也重归谦卑。

参考文献：

1. *Music and the Making of Modern Science*, by Peter Pesic, MIT Press, 2014.

2. *E. T. A. Hoffman's Musical Writings：Kreisleriana；The Poet and the Composer；Music Criticism*, by David Charlton (Editor), Martyn Clarke (Translator), Cambridge University Press, 2004.

3. *Schumann's Music and E. T. A. Hoffmann's Fiction*, by John MacAuslan, Cambridge University Press, 2016.

4. *German Romanticism and Science：The Procreative Poetics of Goethe, Novalis, and Ritter*, by Jocelyn Holland, Routledge, 2009.

5. *Key Texts of Johann Wilhelm Ritter（1776–1810）on the Science and Art of Nature*. Translations and essays by Jocelyn Holland, University of Texas at Austin, 2010.

6. *The Life and Opinions of the Tomcat Murr together with a fragmentary Biography of Kapellmeister Johannes Kreisler on Random Sheets of Waste Paper*, by E. T. A. Hoffmann, Anthea Bell (Translator), Penguin Classics, 1999.

7. *The Romantic Generation*, by Charles Rosen, Harvard University Press, 1995.

8. *The Age of Wonder：The Romantic Generation and the Discovery of the Beauty and Terror of Science*, by Richard Holmes, Vintage, 2010.

9. *Music, Magic, and Madness：Tales of Hoffmann, Schumann and Kreisler*, by Catherine Kautsky, International Piano (Journal), 2006.

10. *Making the Monster：The Science Behind Mary Shelley's Frankenstein*, by Kathryn Harkup Bloomsbury Sigma, 2019.

行行重行行
—— 音乐中的对称与重复

一

偶然地，我在文集《音乐和数学：从毕达哥拉斯到分形》（*Music and Mathematics：From Pythagoras to Fractals*，牛津大学出版社2006年）一书中发现了一篇有趣的文章《音乐中的几何学》，想必其作者霍奇斯（Wilfrid Hodges）也是个标新立异的音乐家。好奇地搜索了一下，只见网上有个1942年出生的霍奇斯是伦敦大学的数学教授，英国科学院院士，主攻模型论——我不相信是同一个人，但居然真是！大多数介绍他的网页只提及他的数学成就，他自己也没拿音乐文章当回事，可是这篇洋洋洒洒的宏文，从早期音乐到20世纪的偏门曲目，都有涉及，引证清晰，谱例完备，俨然音乐学家所为。除了"音乐几何"，他对乐器调律也能洋洋洒洒，如数家珍。真可谓，学霸的世界我们不懂。

《音乐中的几何学》一文并不长，但这应该是他多年来的兴趣和关注，像采集标本一般，霍奇斯收集了许多自己喜欢的、能佐证一些音乐/数学猜想的例子。我居然在网上看到了他的草稿和笔记。也许出于数学家的本能，令霍奇斯着迷的是那些有特定结构和形态的音乐。文章开始，讲的是埃尔加的《谜语变奏》，说他作曲的时候，正好一同散步的朋友的宝贝狗狗掉进了河里，然后嗷嗷叫着爬上来，他索性把这段写进去（第十一变奏），一串下降的十六分音符，整个乐队"飞流直下三千尺"，这算是个"音乐和空间"相勾结的小例子。任何有音乐经验的人，都能想出太多的例子，比如攀登状态时声音的"上升"，挣扎状态时的"迂回"，等等。就拿西方音乐来讲，从古至今的教会音乐都有明显的情景结合，有时是一种通俗化的音乐图解。还有，英国作曲家蒂皮特（Michael Tippett，1905—1998）的清唱剧《我们时代的孩子》中的一段"寒冷愈深"中，女高音下行表示"下降"，管弦乐队的低声部却在"上升"，跟女高音的声音相撞后分开。两者间的空腔之中，暗流涌动，并且互相牵扯羁绊，堆积得浓而涩。而在舒伯特的歌曲《死神与少女》中，少女歌声热烈，充满弹性，钢琴的低声部却在下降，霍奇斯认为，这是少女沉向死亡的暗示。

如果不从霍奇斯的几何理论去想，我自己揣测一下，音乐与无声的空间，为什么有这样的对应？音乐是写在谱子上的，尽管并不只有从低到高，从左到右一种方式，但人仍然可以从音区的距离之中感发出远近。在这一点上，音乐和语言体现出类似的通感：比如会将对一些事情的理解称为"更深""更广"，我们还会说"圆通""棱角""刚正不阿""尖酸刻薄"，仿佛抽象概念也有几何形状。神经科学家大概别有解释，比如人脑中天然的空间感会自然应用于语言。当然，谱纸上的形态和音乐的声音不一定有完好的对应，有些密密麻麻的和弦，听起来很空，反之亦然——音乐是一种特别的、有循环性的结构，我们在生活中遇到的不多，所以这种隐喻可能失准，不能硬拉到语言中。可是音乐也会"作弊"，它会拉进舞蹈、歌词、表演等手段给人洗脑，这样一来，虽然音乐传达不了"今天下午见面"这种信息，但它跟情景结合之下，可以积淀成经验，最终能融入各种叙事。

霍奇斯把自己感兴趣的音乐标本按音乐在纸上体现的几何变换分类，也就是说，在组织音乐的时候，不少作曲家都用了一些对称的手段来形成呼应和变化。霍奇斯把音乐按音高和时间两个重要变量想成二维空间，而二维空间中的几何变换的形式大约有这么几种：平移、比例缩放、旋转反射、错切等。而反射（也就是对称）又分几种：上下对称、左右对称、旋转对称。音乐中体现的对称关系，可以用几个字母的形态直观地显示：

FGJ（无对称）、CEK（上下对称）、AMV（左右对称）、NSZ（旋转对称）、HOX（全方位对称）。

他为上面五种都找到了音乐的谱例。第一种似乎没什么可说，但这里有个著名的例子，就是帕格尼尼狂想曲的第二十四首，被拉赫玛尼诺夫写成了一个二十多分钟的漫长主题变奏《帕格尼尼主题变奏曲》，其中最有名的第十八变奏，是把帕格尼尼的不对称的主题倒置过来：它并不是严格的镜像对称，但处处略可辨认。

不过，霍奇斯好的"这一口"并非偶然，他的模型论包括群论，就离不开对称操作。

对称之外，霍奇斯也提到"比例放缩"这种变换，不过并没有用"放缩高手"巴赫作例子（这本来也是赋格这种音乐形式的常态处理），却提到了专门给自动钢琴作曲的南卡罗（Conlon Nancarrow，1912—1997），这完全可以理解。在玩弄数字比例方面，南卡罗比巴赫刺激多了，他的

"演奏家"是自动钢琴，不受技术限制，可以让"两只手"同时以无理数比例的节奏同时弹（换成活人，拍子都数不出来），又可以让音符在琴键上完全放飞自我，三十二分音符跟全音符相邻堆积，空间真是宽到无限，跟数学公式的对应也随心所欲。顺便说一下，南卡罗终身不太为人所知，晚年暴得大名，但近年又渐渐销声匿迹，大概是因为数学公式终究不易被吸收为音乐印象之故，所以最终还是没能像艾夫斯那样挤进经典曲库。

音乐中还有一种很极端的对称，就是把主题的音符一个个倒过来作为新主题（retrograde symmetry），犹如回文诗。一般来说，除了静态的、谱面形态的特点，音乐是运动的艺术，同一条旋律，交换几个音的顺序，效果和情绪就完全不同，不仅因为音调变了，更重要的是，解决的趋势反过来，就不再是解决。此外，主题结尾往往略拖长，倒过来变成开头，则要缩短，所以不可能纹丝不变。作曲家这么玩的话，一般会选择比较中性的主题，比如巴赫的《音乐的奉献》中的"螃蟹"卡农，主题呈圆弧形，来去自如。

霍奇斯教授的文章，是从他在伦敦大学的一个讲座演化而来。在讲座中，他说回文形态的音乐很多，有些甚至在节奏和音符上都表现出对称，但往往略有误差，而自己多年想寻找"完全回文"的音乐，做梦的时候都在苦思冥想，以为有所得的时候，爬起来一看乐谱，还是不完全一样。有一次听一场现代音乐会，好像听到了一段"完全回文"，正巧作曲家（据考是大名鼎鼎的乔治·克拉姆）就坐在后面，他问作曲家："可以看看你的乐谱吗？"作曲家问怎么回事，他说了意图，作曲家一副吓呆了的表情："绝对不可以！"原来此君感觉不妙，"完全回文"大约是作曲家们宁死不为的。

霍奇斯在文章和讲座中都提到一些探讨语言和音乐之关系的前辈，比如音乐学家库克（Deryck Cooke）的《音乐的语言》（*The Language of Music*，1959）对他影响很大。不过他说，库克认为，除了少数赋格作品之外，音乐的语言和数学没什么关系，音乐是表达情感的。但霍奇斯认为，几何是音乐的一部分，无论是否表达情感。我读到这里也不由想，恐怕数学家霍奇斯确是一位"恶趣味"的听者，有多少人会在倾听的时候追逐主题的形状和顺序呢？但音乐既然写在纸上，就无法阻止听者去呼应谱纸上的形态。霍奇斯惊人的记忆力、精确的表达和归类，或许也会让作曲家开心，字谜难道不是遇到解者才有意义吗？他竟能跳过或者忽视音乐背后的情感，直取几何形状，作曲家会不会呵呵两声？

这篇文章也让我想到很多有趣的点。首先，这些几何或者算术结构，并不是唯一的可能，因为不少音乐文化或者乐器，音符的排列都跟我们熟悉的五线谱不同，那么不同的排列就会导致不同的空间想象和隐喻；此外，乐谱中的几何或者数字形态，说到底还是音乐进行的一种重要原动力的体现——这个动力简单说就是模式化，大脑遭遇熟悉的东西，更容易兴奋。而模式化也就是某种重复。发展也好，变奏也好，音符游戏也好，都离不开大脑对"重复"的渴望。

二

学者们一般承认，在所有音乐文化中，重复都是重要的元素。仅就西方音乐而言，古典时期不用说，舒曼、肖邦、李斯特、帕格尼尼这样在当时打破禁忌的作曲家，仍然常有满纸相似的音型贯穿始终，偏执起来比古典前辈还厉害。再晚些，随便在德彪西、斯特拉文斯基、阿尔班·贝格、梅西安、巴托克、布列兹的谱子里翻一翻，仍然如此。和声规律以旧换新，旋律几乎不见了，调性更是不知踪影，各种花式的模式化却仍在，听者不一定一下子能辨认出，在谱纸上却看得明明白白。我请教一个作曲家朋友，现代音乐中的重复会不会趋于减少，他说会，因为有了录音，作曲家认为听者的记忆不是个问题了。但我想，即便现代作曲家的作品都能变成录音（事实上是小概率事件），音乐中也没有丧失对重复的需求。单个作品内重复的缺少和作品重演的不足，至少是现代作品极难被公众吸收的原因之一。

关于音乐中的重复，近年的文献包括玛古勒斯（Elizabeth Margulis）所著的《重复：音乐怎样操纵意识》（*On Repeat: How Music Plays the Mind Hardcover*）一书，总结了一些前人的观点，也把音乐放在认知科学和语言学的背景下去探讨。在"音乐中的重复"一章中，作者提到这样一个实验：让一群音乐理论博士挑选喜欢的音乐片段，比较对象是无重复段落，但出自贝里奥等当代名家的作品，及计算机随机产生的有重复的音乐，结果令人尴尬——多数人都认为后者更让人愉快。这个实验结果，跟一群未受音乐训练的人相去不远。这也不难理解。音乐本身画不出情景，讲不出故事，而这两样东西大概是人脑最容易抓住的，也是最容易映射到日常生活经验的。但凡缺少叙事模式的艺术形式，都要依赖重复才能挽留住它的体验。所以，作曲家如果不是用鲜明的旋律让人迅速记住的话，就要艰难地创造"叙事"的可能，其中不时的重复才能激发出线索、回忆和温暖。即便是严格受训，处理音乐信息能力超过常人的听者，也难免贪恋这种温暖。当然，我不希望读者误解我的话。玛古勒斯博士的实验没有问题，但这并不能表明计算机随机产生的段落果真比贝里奥的音乐还要好，毕竟，作品是个整体，人们对复杂音乐的评判早已超越瞬间的快感了。

有意思的是，先锋的勋伯格也曾说过，"音乐中的智性，离开重复是不可能实现的"。瓦格纳的妻子科西玛，在日记中引用过瓦格纳的话："重复！音乐和诗歌在此泾渭分明。音乐主题可以重复，因为它是一个'人'而不是谈话；而在诗歌中，重复是荒谬的，除非它是一个段落或者为制造音乐效果之故。"自然，这些话都需要上下文的定义。比如瓦格纳的重复可不一般，无数条动机遍布全剧，又都是"变形金刚"，光是识别它们，对听者的脑力都是考验。

我的经验则是，自己精力饱满，对挑战跃跃欲试的时候，可以去拥抱那种信息高密、不容易辨识出重复的音乐；

而自己精力下降的时候，就只能消化那些高重复、有熟悉度的音乐。而在不常听复杂音乐、古典音乐的群体中，"名曲改编""名曲主题大联唱（奏）"总是能迅速获得反响。不少当代作曲家也会讨巧，把自己的乐思都塞到"×××主题变奏曲"这种筐里，虽然有的本意是戏仿或拼贴，但也不可否认前人之典提供了免费框架——即便是古典作曲家，也常常用熟悉的教堂赞美诗或者民歌主题当引子，或者，干脆"回收再利用"自己过去的作品。

从听者的角度来说，如果对音乐没有形成一定的记忆，就谈不上跟它的亲缘关系。"关系"并不等同于喜欢，但应该是喜欢的必要条件之一。

上文提到的，玛古勒斯博士认为，如果把音乐和语言来类比（不少学者都倾力研究过这两者的关系），寻常的叙事是忌讳重复的，但也有特例，比如诗歌，还有民歌、史诗中的段落性重复，它们或者需要音乐性，或者在口口相传的过程中帮人记忆。即便如此，诗歌对重复的依赖性也远不及音乐，甚至可以说，它的重复创造音乐性，但它的美感并不一定随重复而增加。不过，如同上面所提到的瓦格纳，艺术性的重复，妙处不仅在于重复中的微变，还在于将重复的部分置于妥帖的上下文之中，让所有的重复同时也有陌生感，让人获得重新发现的乐趣。人脑对音乐片段的熟悉和再发现，如同化学反应，音乐未变，人跟它的关系已变。玛古勒斯有个新鲜的观点，她说重复形成的记忆，是听者参与音乐的一种方式。她举了贝多芬"热情"奏鸣曲的例子，在其中密不透风的重复中，作曲家营造出一种有热度的氛围，让音乐和听者互为你我。

其实，不管作曲家怎么引导，哪怕是经过训练的头脑和耳朵，哪怕对谱面倒背如流，全面吸收复杂音乐的信息（包括结构）仍然相当困难，因为音乐是序列性的，不容易快览之下尽收眼底。我们常听演奏家说，弹某经典作品无数遍，每次都有新发现。在我看来，一方面，经典作品信息丰富是事实；另一方面，音乐结构的复杂和立体，不能"尽收眼底"也是事实。即使演奏家对经典早已倒背如流，但未必将其内化至如同己出。对立的一面是，音乐中的"简单"，可能会因为易记而让人吸收，也很可能会被"重复"完全攻克，不再呈现出挑战和趣味（比如《小星星》之类的熟调子）。还有一类"简单"，看似尽收眼底，竟又能伴人长久，此类作品或为神作（如莫扎特的许多作品），或者因为听者的特殊经历（比如童年经验），让熟悉的温暖历久弥新。

下图是一个著名的心理学Wundt曲线[1]。横坐标是熟悉度，纵坐标是快感。快感随熟悉度的加深增加，到一定程度开始下降，这和我们寻常的经验是一致的。

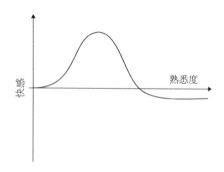

听者以记忆为兵器，跟音乐短兵相接，互有满足和小胜，好的结局不是"歼灭"，而是下次相遇。所谓音乐史，在我看来也是人脑和音乐结构的对话史、记忆史。音乐是人脑的黑客，人脑就是从"熟悉"那一刻开始沦陷。"过度熟悉"之后，人脑又开始反击侵略者了。那么，贝多芬、肖邦之类的经典，是否真能让人不断发现新东西呢？这个问题，只能留给音乐专家去回答，我自己的猜测是，即便对音乐家来说，遗忘仍会发生，尤其是对复杂作品。熟悉

1　心理学上表达新奇程度和快感的曲线。

和陌生之外，跟遗忘另有一场战役。人和音乐都是动态的，都在不断地生长和消耗，两者速度不可预测，所以人和音乐的关系也不可预测。并且，我认为这个Wundt曲线，对复杂度超出一定阈值的事物（音乐仅仅是其中之一）就失去了作用。假如音乐家认为肖邦音乐关联的是半部音乐史，或者音乐家的兴趣在于肖邦和世界的关系，那么肖邦音乐的内涵就更加无穷无尽，不会再受限于熟悉/陌生的问题。不如这样说，"重复听"是种子，是野蛮的第一推动。

除此之外，作者总结了一些目前的研究成果，比如神经科学家早已发现，"习惯"和"重复"的行为和大脑的基底神经核[2]相关，形成习惯的东西能够自动打开。并且是一种自动的不需要意识参与的过程。那么这对听音乐有什么影响呢？玛古勒斯认为，一首陌生曲子中的"重复"，定义了音乐中的一个完整的单位，也就是听了前几个音能自动哼出后面旋律的一个声音序列。"重复"助人生成这样的序列，激活跟基底神经节相联系的前额皮层，所以这正是辅助音乐"编码"的过程，这对于情感的深层代入是个先决条件。而大脑中和情感相联系的区域，比

2　位于大脑皮质底下一群运动神经核的统称，与大脑皮层、丘脑和脑干相连。目前所知其主要功能为自主运动的控制、整合调节细致的意识活动和运动反应。

如边缘系统和大脑的奖赏回路在熟悉的音乐中更活跃。她的回答不一定圆满解释了音乐的特殊性，但跟我们对"习惯"的认知是吻合的。"重复"减轻人的认知负担，可以把更多的能量转移到情绪和想象上，这是我自己非科学的总结。

从"非专家"的角度来看，听者曾经被作曲家强制，只能在时间顺序中倾听音乐，但如今录音极为便利，听者已经可以作弊，比如重复听全曲，听一个片段，识谱者更能随时跟随乐谱一起听。这样一来，时间的因素被技术玩弄于股掌，甚至"听"与"演奏"的界限都开始模糊了，不过放心，音乐家还是会走在听众前面。极简主义者如莱克（Steve Reich）索性利用起录音的重复，一首说不上是声乐还是什么体裁的《快下雨了》，就是在错位的磁带播放的时候，人声不断循环，近于歇斯底里的洗脑。他和格拉斯（Philip Glass）[3]的疯狂重复都能把人逼疯。音乐的重复性早晚有一天会被利用到极端，不是吗？

而从心理学家的角度来看，"重复"一词其实过于模

3　美国作曲家，不少作品都包含大量的段落重复，曾经被称为极简主义者（minimalist），他自称"重复性结构的作曲家"（a composer of "music with repetitive structures"）。

糊。它至少包括"立即重复""延迟重复""重复少数几个音""大段重复"等情况，每种都有不同的结果，有的帮人识别音乐段落，有的帮人记住小段旋律。就拿音乐来说，重复拉莫的作品跟重复理查·斯特劳斯的效果完全不同——前者本来就充满重复和熟悉的模式，后者则真正需要重复来帮人记忆；另外，拉莫的重复是短期、小单位的，也就是所谓"朗朗上口"，而长间隔的重复，则有助于人温习叙事框架，自己为它创造出个"上下文"，前前后后也就更能凸显意义。这样说来，又想起一个音乐工业中的敏感话题：录音。上面说过，自有录音以来，现代作曲家觉得不需要那么多重复了，哪怕对于信息密度甚高的音乐。这算不算"谜之自信"？不如留给读者决定吧。

作者还总结了一些研究者们有趣的观点，关于演奏——早期钢琴大家们（比如施纳贝尔）的特色，往往体现在重复段落的变化上，尤其在小单位（比如一两个音，一个和弦）的音乐上增加变化。今天的演奏家里，阿格里奇（Martha Argerich）确实显得十分随意（也可以说其魅力正在于此），甚至没什么逻辑，无迹可寻，恐怕自己也讲不出为什么——注意，这样的古典演奏家中，成功者寥寥。

三

我也一直都相信，重复，是音乐的生命，不仅因为记忆所需。脉搏、行走，都是不断重复的运动，而钟表、流水、车轮声这样的日常所见，也是生命的一部分。精彩的生命在延续，底层则是枯燥、简单的纪律。生命不息，周期性的运动节奏就不休止。生命的构成和需求，就有这么简单的一面。而音乐中的节奏，如生命般鲜活，也如心跳般不屈不挠地重复。

此外，声音来自物理振动，但人类听觉范围有限，那么音高上行或下行到一定程度之后必然回头重来，而那种以不同速度同时演奏主题的玩法，也必然很快遇到瓶颈。音乐的流动和阻碍，造就了音乐中峰峦叠置的精巧结构。结构是听不到的，但这只听不见、看不见的手，排练着声音和大脑的对话。调性、调式、音阶中的几个音，这些规则本来是文化产物，可以说是任意的或者是在历史中产生的，但无论音阶如何排列，各种记谱的音乐文化都会体现出循环和结构，因为人类都要面对听觉和记忆的限度。由限度而生新法则、新办法，这是任何聚少成多，由简单到复杂的事物的根本。音乐、语言、科学、游戏，无不如此。仅就音乐而言，要说音乐有没有意义，我认为有，只要有方向、形式和结构，"聚少成多""聚沙成塔"的结果就是产生意义，这种意义不是叙事性的，不能用一句话总结，但它可以传播、感染、复制——它就是一个生命。

幸或不幸，我是个记忆力不佳的听者，有些人能够自动形成的经验和印象，我只能缓慢地放大它，很久之后才能吸收。这样一来，我很清晰地体验着自己的瓶颈，同时也观察到自己对音乐不断重复之后，感受突变的化学反应。有时，我知道自己在经历"机器学习"的过程，不断用数据训练自己，以获得更好的识别力，只是我的大脑实在太有限，世上的海量数据远非我所能消化。想想看，电脑从无到有经历了艰辛曲折、牙牙学语的过程，但扳指一算，它的进步速度还是远远超过人脑进化的速度。人脑极为渺小，极易受干扰，极易形成顽固的错觉，同时又懒惰不堪。人总是尽量不思考，除非被真正的动力激发和训练，并能不断尝到甜头。无论怎样定义"理性"的框架，没出息的人脑都无法完整地装进去，最终一定会躲在角落里背叛它。

所以，虽然大脑的功能和艺术欣赏的关系之谜尚未彻底解开，倒是从另一个侧面说明我们的文化的复杂：助人快乐的重复并未解决音乐的全部问题，音乐并不完全是即时的快感，不然作曲家何苦孜孜以求。人类社会拥有"文化"这个法宝，包裹盘旋着人的生理性，在人性和理性之间的缺口中，松弛地填进了历史、回忆、传统、想象等东西。艺术可能由人性的弱点或者局限而生，它也可能是种种框架所余之物，它可以往各个方向生长，安静自在。在各种方向中，它都可能错落有致，都可以蚌病成珠。

说到那些天然错落的音乐，我总会想起许许多多始于弱拍的曲子，比如莫扎特的第四十交响曲，第一乐章的旋律从最后一拍开始。指挥家轻轻给出"第一推动"，音乐好像一个即将出生的宝宝，原本在温暖舒适的子宫中居住，还没完全准备好，就被推到这个又冷又陌生的世界，被迫开始了生命。而生命的结束，常常是安静、拖沓的，头和尾的情绪，无法颠倒，永无对称。在我看来，这是一种隐喻。生命和音乐，都来自缺口，都在种种压抑限制中周旋，充满不适。

而霍奇斯教授曾经在苦寻"对称"的时候，找到帕特（Arvo Pärt）纪念布里顿的作品《纪念本杰明·布里顿之歌》（*Cantus in memoriam Benjamin Britten*），这是全曲开头，一个不寻常的，静到无声的开头，而且居然重复这种沉默：

作者手绘

而布里顿写过一部调子阴郁的歌剧《彼得·格赖姆斯》（*Peter Grimes*），结尾正是这样的：

作者手绘

帕特似乎是为了致敬布里顿，才有了这个指向结尾的开头。不过这在我眼里，有别的深意：谁敢冒犯生命的过程，将生死随意掉转？时间之轴上的，生命之前和之后，或可视为对称，只是我们通常不作此观。死亡降临，上帝视为一个平静的右括号，人则难免挣扎。生命始于"未开始"，终于"不甘结束"。"相见时难别亦难"，其实还是告别更难。即便如此，这个过程在世上无论重复多少次，被讲述多少次，我们都会兴致勃勃地去践行一遍属于自己的那支歌，仿佛它不会结束。

参考文献：

1. *On Repeat：How Music Plays the Mind Hardcover*，by Elizabeth Hellmuth Margulis，牛津大学出版社，2013。
2. *The Geometry of Music*，by Wilfrid Hodges，from Music and Mathematics：From Pythagoras to Fractals（第六章）牛津大学出版社，2006。
3. *The Language of Music*，by Deryck Cooke，Clarendon Press，1959.

19 世纪欧洲的音乐和科学
—— 技与艺的剪影

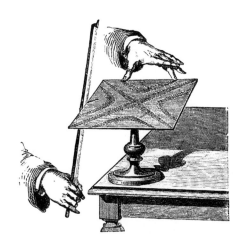

一

1810年，德国机械师考夫曼（Johann Friedrich Kaufmann，1785—1865）造出来的"自动吹号手"在德累斯顿亮相。这个神气活现的号手吹得令人惊艳，据说"不仅拥有精确、强大的力度和纯净的声音"，"还富有温情"，"跟人一样有表现力，但显然比人更有效率，不知疲倦"。

这个目光坚定的号手至今仍留存于慕尼黑博物馆。"他"吹得如何，现存的文字记载或许只能当作《三国演义》中的"七十五万大军"看待，今人脑补或可猜到几分。不过19世纪上半叶的德国，的确出现了越来越多的乐器和能自动演奏的音乐盒，就算"奇技淫巧"，也是相当杰出的技术成就。这些小玩意或可追溯到更久远的历史，但因为难登大雅之堂，工匠自己又不留什么文字，各种成品被后人取代之后，往往湮没无名，或者让后人理不清线索。

考夫曼的小号手

比如这个考夫曼的小号手，其实借鉴的是另一位发明家梅尔泽尔（Johann Nepomuk Maelzel，1772—1838）的发明。梅尔泽尔造出一个宝贝乐器机械乐队（Panharmonicon），类似管风琴，能模仿乐队演奏，还能模拟枪炮声。题外话，这个梅尔泽尔居然跟贝多芬合作过。1813年，贝多芬的《惠灵顿交响曲》就是在这个背景下写出来，给梅尔泽尔的机械乐队"演奏"——后世公认这部给贝多芬挣钱最多的曲子，差不多是贝多芬最糟糕的作品了。两人也有交恶、和好，梅尔泽尔后来以发明节拍器闻名，而贝多芬也是最早接受这种节拍器的大音乐家之一。两人在历史上著名的交集，大抵如此，众所周知，贝多芬后来完全走向了人生他途，"机械乐队"不过是个小插曲；但梅尔泽尔的节拍器对音乐史意义不浅，从长远看，也是机械大时代拼图中的一小块。

著名音乐评论家、作家，深深影响了音乐家舒曼的德国人E. T. A. 霍夫曼写过好几个关于"音乐小人"的故事。比如后来奥芬巴赫歌剧《霍夫曼的故事》，第一幕正是霍夫曼《沙人》中的情节（也是全剧最著名的一幕）：年轻男学生爱上弹钢琴的机器娃娃奥林匹娅，奥林匹娅还唱出了美妙（但机械）的咏叹调《小鸟之歌》，但中间好几次因为急需上弦而瘫成一坨。因为爱（或曰当时他戴着魔法眼镜），男士看不见她背后格格上弦的事实——直到最后，制造她的科学狂人因为甲方拖欠费用，摔碎了男主角的魔法眼镜，一怒之下还把她拆掉了。如今，在对机器娃娃的描述上，各大歌剧院的版本各显神通，有的穿迷你裙，有的是芭蕾装束，有的干脆"儿童不宜"。总之，霍夫曼的恶趣味之一，就是美丽和诡异并置，"异形"和人性并置。

更早些年，霍夫曼还有个故事就叫《机器人》，说的是主人公费迪南拥有一个神奇的"会讲话的土耳其人[1]"，帅气、匀称，跟人对答如流，还会演奏音乐，满城皆惊。它被送到展览会上时，人们都睁大眼睛寻找它的破绽，可是它行动得那么自如，无可挑剔。更神奇的是，人们在它的右耳低语几句，提个问题，它就会偏过头来，轻轻地吐出个回答。它甚至还能预言未来，真是AI的蓝本。它的制造者，神秘教授X安排费迪南和同学路德维格一起出席一场"机器人演出的"音乐会——那个现场的房间，墙壁上装满了叮叮当当的机械钟，尤其诡异。房间里都是人形般大的"音乐家"，有男有女，钢琴、长笛俱全。墙上的音乐时钟也逐一响起。最后X教授亲手弹出一个终止和弦，"音乐家"们遂整整齐齐地停止。

"挺有意思的，是不是？"费迪南说。"哦，天呢！"路德维格在机械音乐中汗毛倒竖，如坐针毡，对机器人模仿

1　1784年，德国有过一个著名的"土耳其棋士"机器人，轰动一时。后来人们发现是由人操纵的骗局。"土耳其人"（Turk）从此成了机器人的别名。

人的"行径"恶心不已，"从小时候起，我就讨厌任何模仿人的机器，连蜡像馆都让我想吐。蜡像馆里观众都一言不发，你知道为什么吗？那种'人形'般的逼真太让人压抑和恐惧了"。费迪南倒觉得，为什么不把机器的技术，用到改良乐器上呢？

当时的德意志，不少科学家有着相当精深的文艺爱好，他们认为科学规律和艺术应该是统一的，当然也就禁不住诱惑，想用科学解释艺术。这样一来，乐器改良甚至发明新乐器都不新鲜了。其实，对乐器的琢磨和改进自古有之，但往往依靠观察、试错等工匠式的手段。但到了科学时代，人们会用数学、物理规律来研究音乐了。比如著名物理学家克拉第尼（Ernst Chladni，1756—1827），和同时代不少文化名人一样，既投身物理研究，又是"文艺青年"。他发现的"克拉第尼图形"直到今日还可以在物理课堂上展示声波的运动——在一张硬的薄板上面均匀地撒上沙子，然后开始制造声音（比如用琴弓在侧面摩擦），结果在某个声音频率之下，这些细沙突然自动排列成对称的美丽图案。如果你变换频率，它在某个频率值上又会突然形成另一种图案。基本原理并不复杂：声音以波的形式传播，因为平板各部位的几何和物理特性各异，当它被某特定频率的声音激发出共鸣的时候，声波的"腹部"有剧烈运动，而"节点"保持静止，故沙粒有去有留，不同的声波留取了不同区域的沙子。反过来，根据沙子的图案，也可推出声音的一些特征。克拉第尼当时携这些乐器和有趣的"沙画"旅行欧洲展览。另一个法国音乐兼物理爱好者萨瓦尔（Félix Savart，1791—1841）受此启发，设计出一把奇怪的"梯形"小提琴，他认为这种梯形结构对声音优化得更好。这种思路完全可以理解，因为克拉第尼的图形已经告诉大家，布满沙子的板子的形状会影响音质。可惜，这种新鲜的小提琴后来并没有跻身提琴家族的大雅之堂，但作为一种"小众"的变种也并未完全消失。

另一种古老乐器——管风琴似乎也迎来了新春天。它本来是最古老的键盘乐器，也是最宗教、最远离人间烟火的声音，但同时也是极为理性和复杂的工程成就。它跟社会的关系也因时而异，因文化而异，有时因为宗教的性质，人们需要它稳定不变；但在合适的土壤里，它也可以成为一个物理实验室——它的本质是管乐器，却是由键盘操纵的，发声间接，涉及的机关很多，变量很多，错误和改进的空间都很大，所以在历史上催生了不少相关的研究。

管风琴最大的弱点，就是强弱不能控制——确切地说，是不能控制单个音管的音量。此外，大家都希望新时代的管风琴的音色更丰富，尤其是能表现一些多色彩，包括多愁善感情调的音乐。在这里，发出明亮诱人的小号般声音的簧栓（管风琴上类似簧管乐器的音色）是突破口之一。做出音乐小人的考夫曼想了一些好主意，比如给簧管增加气压。可是事实表明，簧管的气压是可以逐渐增加，音高也会随气压改变，这一点在各种簧管乐器中都如此，不过在单簧管、双簧管这类乐器中，演奏者通过控制口型来吹出不同音量并保持音高，可是管风琴音管的管嘴是固定的，这就麻烦了。当时有个名叫韦伯（Wilhelm Eduard Weber，1804—1891）的德国物理学家打算攻克这个问题。此人是一位在历史上留名的电磁学家，不过读博士的时候，最感兴趣的是声学，那时他已经和大数学家高斯合作了，高斯也很支持他的声学兴趣。

韦伯渴望的是，解决管风琴簧栓的瓶颈，让簧管发出更响亮的声音，这是让管风琴更有表现力的第一步。他发现，簧管的音响受簧片振动影响，但也受管子本身共振影响。那么，如果在增大音量的同时，簧片的特定振动方式能够使管子的共振能够抵消一部分音高的改变，不就两全其美了吗？此外，音管的弹性是一个重要的变量，如果能够制约它，那么总体效果一定可以控制。最后他提出了一个相当复杂的公式，包括音管长度、单位时间内的振动次数等多个变量，并要求工人严格遵守。

韦伯跟上述几位人物不同，他跟浪漫主义音乐时代没什么关系，也不是文艺青年，他更关心的是政治，极力主张德意志的统一，而发展德意志的工业制造就是重要手段之一。就这样，一个满脑子理想主义的非音乐家碰巧投身乐器的设计，也希望改善乐器制造者、工人们的劳动条件。在当时的条件下，他把对管风琴的计算的精度推到了极致，并且反对按经验行事，而是要严格按公式操作——这一点也很有可能行不通，各个教堂中的管风琴千差万别，非一个公式可以囊括。韦伯的研究试用之后证明颇有效果，被许多制琴者"点赞"。这种簧管在1820年至1850年的德意志相当流行，不过它的缺陷是无法承受高压，所以渐渐被取代，此为后话。韦伯在声学上的贡献今天几乎被遗忘（他自己的兴趣不久之后也转向了电磁学），管风琴制造的风向也变了，但他的影响至少持续到了19世纪末。最难得的是，他曾经促成了科学家、管风琴家以及工匠并不常见的合作。

除了韦伯，数学家欧拉、伯努利都在与管风琴相关的声学规律上有所贡献，而杰出的声学家亥姆霍兹不仅写出了现代声学研究的经典之作，还最早提出了音高标准化。其实，从18世纪起，在音乐中追求自由与音乐操作的标准化就是齐头并进，音乐会的标准音高虽未定型，但音叉已经广泛应用。这并非偶然现象。在当时的德国，音乐的美感、对灵魂的塑造之力和精确的测量、广泛的量化是共存的力量。当时影响力堪比歌德的文化名人洪堡就是个测量狂，自年轻时游历四方，读书行路兼格物致知，他的研究，涉及地理、生物、气象、地质等许许多多领域。终其一生，他为追逐记录事实不惜一切代价，"上穷碧落下黄泉"，留下了大量史料和传奇。如今我们谈论欧洲音乐、跟音乐相关的工程和技术，都离不开洪堡的时代，我们都是那种文化的孩子。

二

纽约大学的历史学家杰克逊（Myles Jackson）的《和谐的三和弦：19世纪德意志物理学家，音乐家和乐器制造者》（*Harmonious Triads: Physicists, Musicians and Instrument Markers in Nineteenth-Century Germany*, MIT Press, 2006）

搜集了许多科学家、工匠和音乐风潮的史实。当年，帕格尼尼、李斯特等炫技大师出现的时候，也是各种"音乐机器"不断出新的时候——旁观者甚至不容易看清，到底是人模仿机器，还是机器模仿人。虽然机器对音乐的处理跟人相比还有一大段距离，但速度和准确性肯定不输。此时，物理学家可以帮助音乐家发展音乐，而机器似乎在某些方面都能胜出了，那么到底谁在模仿谁？

我自己的答案是，机器和人，永远在互动，互相模仿。任何艺术都离不开技艺，而技艺总会包括一定的精准、均匀和控制，并且审美观念总还是期待一些稳定和流畅，所以"机器性"就是美感的一部分。美感这东西诡异就在这里，它"似人非人"，既不自然，偏偏又"天然去雕饰"。

从19世纪开始，音乐演奏技术大发展，人们已经开始抱怨音乐的技术化、机械化。不来梅的音乐家穆勒（Wilhelm Christian Müller，1752—1831）就曾抱怨贝多芬的音乐充满艰难的颤音、大跳等技术元素，让弹者和听者都喘不过气，哪有空闲顾及音乐？可是作曲家都是贪婪的。1830年左右，演奏家和音乐理论、作曲家开始分离了，一方面音乐家变得单薄，一方面技艺大展翅膀。越来越多的音乐家左奔右突地苦寻出路，那么有什么能阻止这些疯狂大脑的想象与苛求？技术越写越难，音乐也越来越细腻复杂。人不会在好东西面前止步，自然有人出手帮贝多芬们培养演奏家。人虽然不会完全模仿机器，但演奏复杂的音乐杰作，无疑还是需要一些机器般的精准做基础。演奏者得专业到全职练习的程度，才能成为这样的"大匠"。而大匠的技术从哪里来？对芸芸众生来说，自幼开始的常年练琴，就是它的基础。

我向来对写练习曲的人很感兴趣，比如车尔尼和克莱门蒂。他们不一定直接孕育出大作曲家，但无疑提供了接受大作曲家的土壤。经典是作曲家创作的，却也是在接受者这里固化成型的，没有接受者的吸收和解释，也就没有音乐的传播和发展。尤其是克莱门蒂，不仅弹琴、作曲、教学生，还亲身实践钢琴制造、音乐出版。他的钢琴品牌之一是"四角钢琴"（square piano），这其实是从羽管键琴时代就开始流行的一种家用琴，形态像一张方方正正的桌子。那个时代，钢琴制造频繁出新，也不断演化，克莱门蒂的钢琴不久之后走入历史，今人不易论其成败。而在他的时代，克莱门蒂自己的公司Clementi & Co，生意相当火爆。1807年，钢琴厂遭遇火灾，库房毁于一旦，但他的事业并未终结。这一年，他成为贝多芬在英国的"御用"出版商。

克莱门蒂其人，经历十分丰富，他的作曲风格，也随着他本人角色的转换不断改变。传世音乐家里，很少有人像他这样，对钢琴"产业链"全面参与，而且他生活的年代，几乎贯穿了巴洛克、古典和浪漫时期，见证了各种时风——据说在世时，克莱门蒂的名声远超莫扎特，用现在的话说，他是个"时代弄潮儿"，商业头脑让他在英国如鱼得水，比弹钢琴引人注目多了。

历史精挑细选之后，今天克莱门蒂最为人所知的还是练习曲集《名手之道》（*Gradus ad Parnassum*，Op.44），连霍洛维茨大师都录过。这些练习曲虽以技术为主，离后世的肖邦练习曲尚有距离，但也有相当的乐思和音乐性，方方面面都能提供足够的挑战吸引"勇夫"。练习曲，不光是为作曲家们准备演奏家，更是挑战热血青年的游戏：看谁能征服这匹烈马。"烈马"不只是乐器，人自身的生理条件更是难驯的悍兽。

而练习曲这个"门派"里，还有另一个大名鼎鼎，而其生活和气质跟克莱门蒂几乎处在两极的人物，这就是全世界琴童几乎都知晓的名字，哈农（Charles-Louis Hanon，1819—1900）——那本著名的《哈农钢琴练指法》不知道折磨了多少代孩子。我也曾是其中之一，曾经坚信它能给我们准备全部的钢琴技巧，这些想法在后来几乎全都被狠拍。哈农的年代比克莱门蒂晚得多，他比肖邦晚生几年，一直活到20世纪初，按说应该处在浪漫时代的核心，可是此人非常不合时宜。他是个传统的管风琴家，又是个极虔诚的天主教徒，在安静的海港城市滨海布洛涅住了大半生，并在教会学校教书，他的一些练习曲，很可能是在教学过程中写下的。哈农练习曲中，有很多特别分开四五指，尤其让小指弹重音的练习，音程覆盖整个键盘，两手同步。它的中心思想之一，是训练双手十指有几乎平均的灵活性，这种理念，在一个世纪以前还相当少有——早些时候，人们还没那么跟自己过不去，十指有强有弱，弱指就应该避免弹奏强音才是。而19世纪后，音乐家对手指机能的追求，几乎是以机器为模板了，天然的弱指应该通过训练成为强指，没有什么是不能训练的。

　　1878年，哈农的练习曲正式被巴黎音乐学院和布鲁塞尔皇家音乐学院吸收为教材，自此广为流传。一百多年来，哈农的教材没少挨骂，它过于刻板，无音乐性，助长学琴者只顾手指，不需倾听、不愿思考的恶习。此外，这些手指练习并非独创。在哈农之前，早有德国、英国音乐家编纂过类似的练习，不知为何，万般凑巧地，独独哈农练习留在历史上。总之，古典乐器教育确有一定的连续性，或者说天然保守。这个管风琴家出身的人的刻板练习，竟然占据了那么多中产阶级家庭孩子的童年。它指向那些"成为钢琴家"的浪漫梦想，同时也让大批孩子痛恨音乐。英雄与平庸的日常，手指练习与精妙的音乐，就这样在世上缠斗多年，谁也离不开谁。

三

许多科学家已经证明了，乐器制造大发展，人们掌握了越来越多的声学知识，遂令乐器和演奏都更科学有效率，这对音乐岂不是好事？一定程度上是这样，但两者相得益彰的蜜月过去之后，又可能分道扬镳甚至反目成仇。比如，乐器可以各自优化，人作为音乐生产流程的一部分，也可以不断优化掌控技术的能力。但技术层面的优化仍然是一种"局部优化"，它不一定引向"整体优化"。对此，20世纪以后的人可能会有这样的想法：艺术不是各项指标简单相加的结果，它需要那么一点杂乱、无序、无法预测的神来之笔，需要一点盲目和"自我催眠"。而20世纪之后音乐演奏的高度技术化，强行过滤掉了本来鲜活丰富的音乐家个性，多少人本来有机会向众人倾吐自己的声音，但过高的技术门槛令音乐家失语，也令音乐界远离众生土壤而干涸。

所以，科技和人文的对抗，在各个时期都存在。科学无疑增强了人们的信心——看上去，越来越多的神秘现象都可以被解释、被控制，对音乐的量化认知可能助人一日千里，各种针对性的训练能让音乐家成为超人、"非自然"的人，那么音乐背后曾经的心理图景都被消解了，音乐的神性，至少是那种让人沉浸和迷醉的催眠性，还能理直气壮地存在吗？歌德本人算得上科学家，同时也坚决捍卫"有机"的生命和艺术。在他的时代中，各种机械音乐盒、会跳舞的小人虽然粗陋幼稚，但让人不由得设想它们日后的"野心"从而担忧。至于人和机器，从古至今就是"相爱相杀"，机器对人既是折磨也是引诱。从文艺作品或者电影中，既有玛丽·雪莱的《弗兰肯斯坦》中的奇异可怖，也有电影《雨果》中的浪漫童话和怀旧温情——顺便说一下，《雨果》中那个一板一眼写字的小美人有史有据，以瑞士皮埃尔·雅克-德罗（Pierre Jaquet-Droz，1721—1790）为首的三个钟表匠当真做出来过，那可是杰出的团队技术成就。

不过世界总是有一些"极化"的存在，有了一种趋势，也就会有回拉的力量。杰克逊的研究提出了一种格外远离个人技巧、强调音乐"有机性"的形式，这就是合唱。1822年，莱比锡有一个"德语自然和医学探索者学会"（Versammlung Deutscher Naturforscher und Aerzte），在提倡科学家的联系之外，也组织合唱和民歌活动，希望中产阶级家庭要以参加社区合唱为荣。所以，总有一些人锲而不舍地推动精英艺术，把个人才华发挥到淋漓尽致；同时也有人呼吁群体活动，认为艺术的终极意义是服务于社区多数人。前者的例子不用说了，传世作曲家多多少少都是这种个人天才理想的代表，而后者包括歌德的同时代人作曲家策尔特（Carl Friedrich Zelter，1758—1832）。他说过，"写作多数人不爱听的音乐的作曲家应该被罚款"。这一群音乐家鼓励社区生活和社交，鼓励集体性音乐，这也并不新鲜，民歌也好，合唱也好，都古已有之。他们的反应，或许起始于一种音乐诉求，甚至跟德语地区统一的愿望相关。更重要的是，看上去音乐已经那么机械和技术了，也越发孤立，离人和人群越来越远。歌德与洪堡以及很多著名知识分子都强烈表示，音乐与科学应该有统一的解释，各种科学和艺术，都服务于共同的目标，艺术中的"整体性"

极为重要，管风琴伴奏的合唱极为重要，因为它对宗教生活、社区生活都很关键，而音乐，不就是为了提升宗教感，陶冶多数人的灵魂吗？

然而，合唱音乐愈加发达之后，人又会克制不住向"更优"发展，精英还是会夺取更高的话语权。热血青年门德尔松（其导师之一正是上文提到的策尔特）在这种氛围下写了很多合唱作品，著名的有清唱剧《诗篇四十二：如鹿渴慕清泉》（*Psalm 42 — Wie der Hirsch schreit*）。今人可能更熟悉他的器乐协奏曲、独奏曲，但他自己把合唱作品看得极重，其中的佳作无愧传世之名。他对巴赫《马太受难曲》的复活，某种程度上也是此氛围下的产物——如此盛事，和民族自豪感及群众意识的需求有关，而长远来看，则是为世界发掘了价值恒久的宝贝。伟大的《马太受难曲》，既是供众人演唱、提升集体灵魂的精品，同时又是结构精巧的技术产物。这些作品，都已经成为音乐会的经典曲目。它们既期待宗教背景，又期待对复杂音乐的吸收能力，而大众能对准那个"窗口"的时间并不长，这样它在斗转星移之中，又开始跟大众拉开距离。多年以来，它被遗忘，复苏，再次远离。好在我们的社会用巨大的技术能力（又是技术！）收集了许多快照、闪存。人类还未完全失忆。

每每技术、机器、自动化这些词语频频出现的时候，也会逼得"人性""灵魂"频频出现。而所谓"人性"，也是动态的存在，至少它的某些方面，是跟机器比照出来的。各个历史时期，机器都在挤压人性、跟人性对峙，但也在发明新事物，让"人性"不断吸收重塑，只是机器的速度实在太快，而人终归慵懒。从某个方面看去，人或许在机器时代节节败退，机器留给人的残阵不多了。可是看看历史，贝多芬时代、肖邦时代、马勒时代，机器曾经激发了更多的音乐可能（当然也会消灭了一些可能）。人有无尽想象催生的无尽欲求，什么都想要，有了还要更好，代代生生不息——这才是"罪魁祸首"，而这也是我们习以为常，只能接受的世界。

读历史如读当下。自古以来，人对机器有羡慕、有模仿，最后则自豪于那些柔软、奇诡、野蛮、和真实人生实时对话的东西，它们终归不能被机器取代。可是，强人工智能时代的机器概念已经完全不同了，它甚至能吞食一些"人生"的数据，消化之并且回答，就像霍夫曼的"小土耳其人"。那个时刻，人生已经不是此人生，音乐也不是此音乐了——而它到底来得有多快？在那一天到来之前，我们来得及"重新发明自己"吗？

参考文献：

1. *Harmonious Triads: Physicists, Musicians and Instrument Markers in Nineteenth-Century Germany*, by Myles Jackson, MIT Press, 2006.
2. *Music and the Making of Modern Science*, by Peter Pesic, MIT Press, 2014.
3. *Clementi: His Life and Music*, by Leon Plantinga, Oxford University Press, 1977.
4. Charles-Louis Hanon's life and works：https://www.thefreelibrary.com/Charles-Louis+Hanon's+life+and+works.-a0201609121.

琴键上的战役与拼图

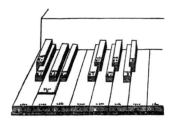

一

　　美国人艾萨科夫（Stuart Isacoff）是位音乐家兼写作者，弹钢琴、作曲、写钢琴音乐史之外，还写了一本小小的奇书《律制——音乐怎样成为西方文明史的战场》（*Temperament: How Music Became a Battleground for the Great Minds of Western Civilization*），讲的是毕达哥拉斯时代的五度相生律、中庸全音律（meantone）、平均律（well temperament）发展到目前通用的十二平均律（equal temperament）的历程。对历史的欧洲来说，音符是涉及精神层面的大事；事关和谐，调律是根本。它的背后还有社会历史、艺术、科学和哲学的庞大和声，牵一发动全身，略微动摇之际，总引来诘问无数。

话说琴键极多、音程跨越极大的乐器，似乎是欧洲特产。无论羽管键琴、管风琴还是钢琴，都需要稳定均一的音程，而它们的音高固定，不随演奏者左右，一切都由调律决定，这是"刚需"。"Temperament"一词，可以指人的"自我调整"，也就是"修身"。用在音乐上，则别有深意——它的意思是"律制"，而不仅仅是一个调律的行为，它本身就意味着系统化的取舍，甚至有一定的"压抑"，这跟修身倒颇有意会之妙。在欧洲历史上，律制、调律不仅仅是个方法问题，它跟数字相关，而神为人设计了完美的数字。不幸的是，传统调律却凸显出数字的"无理"，无论你怎么选择，总会有一个恼人的"异端"五度，也就是说，在键盘乐器上按五度相生调律，最后总有多出来的"零头"，如果把它集中到某个五度，那就是"狼音五度"。按艾萨科夫的意思，调律类似日本文化中的盆景，驯化自然中的"不服贴"之物，成就总体上的美。可是，盆景中偶有一枝旁逸斜出，或可成为点睛之笔，但在调律之中，那么一点点无法回避的狼音就不然了，它无法被遮盖或稀释，这也体现视觉和听觉的区别。从古希腊到文艺复兴、启蒙运动，人们对音律的认识和接受一直在坎坷中摇摆。多年来，人们只能局限音乐手段来适应它。

公元前500年，古希腊的毕达哥拉斯已经知道声音来自琴弦振动，并发现了弦长和音高的一些关系——当一根弦的长度是另一根的两倍的时候，两根弦声音的混合听起来非常整齐。还有，当弦长比为2/3的时候，声音也十分悦耳，之后他又发现了3/4。这三个关系，对今人来说就是八度、五度和四度，在毕达哥拉斯时代，差不多可以让人确认上帝的精巧设计——数字比例的背后是声音的和谐，还有比这更让人满足的事实吗？毕达哥拉斯确定了一种调律方式，这就是五度音程为基准的调律，也叫毕达哥拉斯调律（后人的中庸全音律与此相近，其变种也多如牛毛）。粗略地说，这种调律以某个音起始（比如A），向上行五度获得E，再下行四度获得B，不断折返推出所有音符。古希腊时代，音阶并不一定包含十二个音，但以八度、五度来产生各音的传统，是比较确定的。

然而这个看上去美妙的推算，在不断的实验中败下阵来。比如，从某个音开始往上数纯五度，然后再数五度，延续十二次（也就是说，假如以起始的音弦长为1，每次上数五度都把上次的弦长乘以2/3），就可以回归到同名的音。然而，计算一下第十二次与起始音的长度比例（如果今人用计算器来算，2/3的12次方大约是0.007 753 7）理应相对起始点是第七个八度（1/128=0.007 812 5）。换个方式看，一个八度之内有十二个音，如果保持两个相邻的音有相同的弦长比，那么这个比值应该是$\sqrt[12]{2}$，而它是个无理数。所以，用五度跟八度来遍历键盘，结果对不上不说，用任何音程来跟八度相对，都达不到准确。在一个键盘上，八度和五度的准确不能两全，不仅如此，四度、二度、六度的关系也不能同时满足。注意，人声或者弦乐器上，音程间隔是可以随时调适的，但在键盘乐器上一切都已确定，不可能随时改变。

在视觉经验中，颜色略微的偏差并不会让人不适，而键盘调律中的微小偏差，却可能令人不堪忍受，于是音乐这个完美体现上帝意志的领域，最终失之千里。这个黑暗秘密，聪明如毕达哥拉斯不可能不察觉，也只能为之抱憾。为了让五度圈严丝合缝，他打算在保证八度统一的情况下，每个八度音程之内的一个五度（一般是 G♯ 到 E♭）比别的五度宽一些，这样可以合上那个圈。但这个不正确的间隔无疑破坏了五度的本性。幸好，那个时代的音乐并不受此影响，一定范围内的四度、五度和八度准确就足够了——这也让人们确信，音乐本应如此。

有了不均等的五度，有些调性就不能用，转调也受限

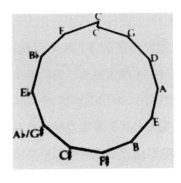 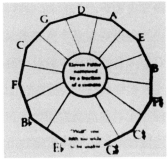

毕达哥拉斯不能愈合的五度圈　　　中庸全音律五度圈，狼音置于G♯和E♭之间

图片来源：《平均律如何毁了和声》（*How Equal Temperament Ruined Harmony and Why You Should Care*）

制。然而音乐家渐渐还是贪婪地寻求新手段。比如在17世纪意大利人弗莱斯科波尔迪[1]的托卡塔中，已经出现了各种调性。也有人走了别的路子，比如法国科学家、哲学家梅森（Marin Mersenne，1588—1648）在《和谐：一本关于乐器的书》（*L'Harmonie Universelle*）一书中设计了十九个键、二十七个键的八度，这样的话，在可以选择不同的键来满足五度等音程的关系。所以，降A和升G很可能分处两键（或者一个琴键分裂成两半）。所以，这类不均等音程的调

1　弗莱斯科波尔迪（Girolamo Frescobaldi，1583—1643）被认为史上第一位键盘炫技大师。

律方式之下，音高可能会多出很多。

梅森本人是个天主教父，同时却也是伽利略的铁粉，以他命名的梅森素数至今有应用，他跟笛卡儿、帕斯卡尔等人也有通信。上图复杂的键盘设计并非出于偶然——16、17世纪，欧洲乐器和记谱法都有大发展，乐器的革新和音乐论著很多。而梅森设计出种种测量方法，对十二平均律两个相邻音弦长比的计算已经极为逼近准确值$\sqrt[12]{2}$。身为虔诚的神父，对炼金术文化耳濡目染，同时斥著名学者培根为异端，梅森却深信若要了解音乐的秘密，必须经过精密的实验和观察，至于他自己究竟如何将几种冲突的世界观融为己有，恐怕是科学史研究的有趣话题。而奇怪的是，依照古克教授的说法[2]，处处主张格物致知的培根，虽然对音乐极为重视，却反对用科学实证的方式研究音乐，贬低实验和测量。此为他话。

其实，16世纪以后，三度已经悄悄地被当作和谐音了，甚至早在13世纪的英国，就有了三度和六度的应用。15世纪，英国作曲家丹斯特普（John Dunstaple）写了充满三度、六度的作品，在当时惊世骇俗。在宗教改革的战乱中，

2　*Music, Science and Natural Magic in Seventeenth-Century England*, by Penelope Gouk, 1999.

丹斯特普的许多手稿消失了，但之后却在德意志、意大利地区悄悄涌现，而这个时间，也恰与意大利文艺复兴开始，三度渐渐广泛应用的时间重合。所以，人们差不多可以推断，丹斯特普在这里的影响很大，很可能他开启了"三度"的历史，有人把他的贡献跟诗人乔叟并列。而三度的盛行，让人开始追求"纯净的三度"，调律时以大三度为基准，也就是中庸全音律的一种。这样一来，五度的纯净就无法保证，取舍是人的选择。

有时候，驱动音乐发展的，可能是时代的"惯性系"。比如文艺复兴早期的弗莱明音乐家杜非，因为好几种革新而留名，比如多用四度和六度——不和谐音极多。另一青史留名之处，就是他的"数字癖"。此时，穹顶建筑开始在佛罗伦萨流行，比如布鲁内莱斯基（Filippo Brunelleschi，1377—1446）最后建成的佛罗伦萨大教堂（Cattedrale di Santa Maria del Fiore），在当时是一个"不可能"的成就——按设计，它应该是类似罗马万神殿的穹顶，但难度极高。最后布鲁内莱斯基以双层的穹顶等疯狂的设计而成功，这在当时是大事件。1436年，大教堂的献堂典礼上，演奏了杜非为之写作的《玫瑰刚刚盛开》（*Nuper rosarum flores*）。艾萨科夫是这样说的，杜非的音乐，也体现了这种穹顶般的空间感，比如各个声部之间有着宽敞的间隔，旋律的形状有自然的弧形，歌词也配合这种弧形，让音乐的整体有一种舒适的比例，直到终止。不仅如此，艾萨科夫告诉我们，杜非还把一些建筑的比例数值用在自己音乐的节奏上，而这个建筑，是圣经《列王记》中所罗门庙的比例——约为6：4：2：3，虽然在各种文献中，具体对应的边存在一些争议。这在今人看来很荒唐，但是，一个稳定的比例数值，会让音乐有一个稳定的结构，从而给人平衡感，这未必是建筑或者音乐的问题，而是人的心理积习之故。当然，此为本文之外的话题。不过可以想见，在当时的欧洲世界里，"上帝创造完美世界"的信仰多么深入人心，完美的数字是真理，它终将渗透到建筑、美术、音乐之中。即便观者、听者对此毫无觉察，它仍然是有意义的，因为上帝知晓。

但也正是从这个时候起，视觉[3]和听觉艺术都体现了"真"与"美"之间的战争："真"也就是那个理想中的、数字的、上帝设计的完美；而"美"，是人的感官喜欢的，经常不精确、无法解释的快感。渐渐地，人们发现数学的精

3　数学在视觉艺术上的应用，当时典型的是透视法则。

确跟现实的美感总有矛盾。用真理来确定"终极的美"仍然是不少哲学家、艺术家的梦想，但"美"是动态的，人的感受可以被欺骗、被驯服、被诱导，也会诡异善变，"不禁手捉"，可以"习惯""被习惯"，也可以因厌倦而摒弃。它很难像跟一条数学准则那样长久保持稳定。话题扯远一点，所谓的"黄金分割"，也并没有传说中那么的神奇，它的确在不同的领域中都有作用，但也有些是大幅"取整"之后的牵强的神话。

　　总的来说，历史上有记载的调律系统大约有一百五十个左右，没有一个是真正意义上纯净或者完美的，它们只是有着不同的"缺陷"而已。让五度完美，三度听上去就很糟糕，反之亦然。中世纪文化选择了五度的纯净，而之后的文艺复兴年代，人们选择了三度——三度的准确也并不能保持，误差往往甩到降A大三度，结果是，可用的调性也并不多。而在平均律占主导后，所谓八度之内真正的平均，正是18世纪后期渐渐占上风的八度绝对均分的"Equal Temperament"（简称ET）。除了八度，它任何音程都不"准确"，但庶几近之（尤其是五度），然而大三度相当不准。而历史上的"Well Temperament"（简称WT），包括巴赫所使用的调律，并非绝对均等，比如某些半音之间距离不同。同为平均律，细分起来仍然有很多种，对五度的处理可能不同。总的优点是，差异相对平均，可以使用绝大部分调性，又保留一定的调性色彩。巴赫写平均律曲集，所炫的东西之一就是不同调性之间的微妙色差。但两者时间上也有重合，ET甚至在18世纪的德国管风琴上就有应用，所以历史文献提到两者，也极易混淆。留恋非均等调律的人，怒斥ET是用方便取代了美。我觉得也不尽然——现代之美未必是"懒惰"的产物，它更加广阔，将那些粗粝、不可想象的调性转换纳入其中，损失的则是那种"天堂之美"。音乐在不同维度中进进出出，在舞台背景的暗变之下，完成一场场叙事。

二

15世纪，意大利维尔尼奥市的市长巴尔迪（Giovanni de' Bardi, 1534—1612）是一个典型的文艺复兴人，对音乐尤其感兴趣。在佛罗伦萨，一些以他为首的知识分子组成一个小圈子"Florentine Camerata"，其中有个叫伽利莱（Vincenzo Galilei）的音乐家，他弹琉特琴（Lute），还作曲。此人受到巴尔迪器重，被推荐给当时最著名的学者和音乐家扎林诺（Gioseffo Zarlino，1517—1590）。扎林诺是毕达哥拉斯的拥趸，他把毕达哥拉斯调律的数字序列2：1（八度）、2：3（五度）扩展到3：4（四度）、4：5（大三度）、5：6（小三度）、3：5（大六度），等等。这样还是难以囊括其他音程，尤其是，其他音程的数字比例都不在这些"神启"的数字（最初的自然数）之列。他去向学者、历史学家梅依（Girolamo Mei）求助。梅依自己并非音乐家，但对古希腊音乐很有研究，并声称古希腊音乐都是单音音乐，多声部会让音乐丧失魔力，而多声部可是扎林诺的深爱之物。精英小圈子"Florentine Camerata"，意在回归古希腊音乐，可是他们在试验古希腊戏剧的过程中尝试的宣叙调居然开了歌剧之风，还说动了"赞助商"——贵族保护人资助演出了最早的歌剧，内容自然有关古希腊神话，所以今人熟悉的蒙特威尔第的《奥菲欧》也是类似的内容。原想让音乐终于简单和圆满，却让它更为复杂和张扬，可见人的想象和欲望是驯服不得的，倒是更容易被点燃。

在讨论音乐的过程中，梅依让伽利莱做了一个简单的实验，把琉特琴弦按这些数字比例调好，然后听一下声音，跟通常的演奏比较，结果发现，一般的音乐表演，根本没遵循这些数字规律。伽利莱因此发现，虽然毕达哥拉斯的数字规律在一定程度上跟音乐相关，但音乐并非完全由数字控制，所谓纯律（Just Intonation，指各个音的振动频率遵守泛音系列中的基音整倍数）在音乐实践中根本不可行。这在今人看来完全是正确的，因为仅仅在一个五度之内，想保持五度、大三度、小三度的恒常"纯正"都不可能，必然有所调整，而且是不断地调整。他写信给扎林诺，这个争论持续了两年。此时，平均律在不少乐器上已经有应用，但纯律仍然被视为音乐的根本，这不仅仅是个调律问题，而且差不多是当时知识分子的"三观"。扎林诺竭力申辩，"即使歌手们从来没有严格遵守过纯律，纯律仍然是理想状态"，"上帝不会白白制造什么"。在扎林诺眼中，伽利莱的理论不仅破坏音乐，还破坏道德。而伽利莱说，音阶是人造的，有何不能"破坏"——更何况，如果让几个琴弦用不同材料制成的乐器同时发声，就算它们的长度比例一致，也根本不会和谐。所以，用纯粹的数字来制造音乐，完全不可靠，既然如此，还不如平均律，起码更方便。在论争中，伽利莱讽刺扎林诺的胶柱鼓瑟"好比用钟表跟太阳对比，只相信钟表"。当时，力主平均律的音乐家和知识分子已经不少，其中比较著名的包括弗兰德工程师斯蒂文（Simon Stevin，1548—1620）——他不是音乐家，但在科学、数学、工程上有许多发现，并在历史记载中首次谈到平均律需要2的12次方根这样一个比例。他说这是个无理数，但并无荒谬可言，它只是个数字。

今人回看15至17世纪，会发现对音乐的争论并非孤立事件。在许多毁灭"三观"的事件中，还包括历法的争端——罗马天主教宗格里高利日历始于1582年，它改变了闰日，让计时更精确，但同样毁灭了人们对数字的信仰——千百年来，一些自然数因为拥有特别的性质（比如1、2、3这几个自然数序列中的初始数字，$1 \times 2 \times 3 = 1 + 2 + 3$）而具有神启的力量，让人觉得不可背离。17世纪，德意志天文学家开普勒也深信数字的和谐，认为音乐、数学和天文都会遵循一套统一的数字关系，他声称土星离地球最近的时候，每天在空中现身135秒，而在最远的时候是106秒，两个数字的比例135∶106正好接近大三和弦，而木星呢，是小三度，火星则是五度……这些美妙的数字比例，难道不表明音乐是上帝的创造吗？除了这些注定的和弦，人类还需要什么？开普勒甚至为之构造出一套叙事：大三度、小三度各自代表雄雌，金星与地球追逐交媾……事实上，这些数字和比例本身并不准确，后人从手稿中发现开普勒为了把数字塞进他期待的框框里，简直费尽心机，到了恨不得作伪的程度，再加上不断地"取整"，后人嘲笑说任何和弦都能匹配上星体的数字了。

难得的是，开普勒并未止步于此。在几何方面，他比谁都愿意相信，圆才是完美的形状，可是他渐渐承认了寻求"完美"的失败。

后人也实在无法苛责开普勒，若不是对数字的迷恋和信仰，他怎么能发现神秘的"开普勒第三定律"：行星绕太阳公转周期的平方和椭圆轨道的半长轴的立方成正比。想想看，在数字的汪洋大海之中寻得"与立方成正比"这样诡异的规律，这在无计算器、观测又不精确的17世纪，是何等的奇迹。

这个历程，在历史上也一再重演：科学家怀抱某种理想模式的信念，可能是宗教、哲学的，也可能只是科学直觉，它向往对称、统一的观念，可能把人领到伟大的发现，比如那些既简洁、优雅的公式或定律，但也可能把人引向荒谬。前者的例子中有电、磁、光之间惊人成功的联系，后者的例子则有开普勒的"音乐星体论"以及许许多多已被遗忘的探索，而如今尚未找到任何证据的弦理论、"超对称"理论更是如此，它太诱人，太能包罗万象，怎么可能不是真的呢？这种"美感"文化一直存在于物理学研究中，以至于理论物理学家萨宾娜·赫森菲尔德写了本分量不轻并且得罪许多同行的书《迷失在数学中：美感怎样把物理学引入歧途》(*Lost in Math: How Beauty Leads Physics Astray*)，来反思这种自古以来的"美感物理"——它的教训何其多。

是的，优美的东西并不一定正确，看上去合理的结论会被一些混乱不对称的现象干扰得面目皆非，而这些曾经显得丑陋残缺的真相才会指向新的维度，并且渐渐被吸收到文化里，扩展了美的经验。

不过，对开普勒来说，这个被后世冠以"开普勒定律"之名的东西远远不如"天空与音乐"的和谐图景重要。而他自己，虽然没有做过"专业"教堂音乐家，但从小在音乐氛围中长大，对音乐的研究很深，有很多想法，音乐在他眼中，是上帝的"设计"的一部分，一定有所指向。对音乐和天文的联系，大多写在《宇宙和谐》(*Harmonics Mundi*) 中——他的"开普勒第三定律"也在这本书里。跟后代的爱因斯坦类似，他渴望的是发现一种能够解释音乐和宇宙图景的深刻规律。

而在那个时代，寻求天文与音乐的联系，本来就顺理成章，因为天文学和音乐还都被视为数学的分支，占星术与天文学也无分野。上文提到的扎林诺、伽利莱等人，都写过有关天文的文章，也都知道哥白尼的日心说。而一生多舛的开普勒，年轻时因不认同父母所属的路德宗教会被驱逐，后来又因为"路德宗教徒"的身份被天主教徒迫害。他历经战乱和瘟疫，幼儿夭折，妻子病故，自己也曾贫病交加，居无定所。后来老母还被认为是女巫，随时可能被烧死，他四处奔走解救母亲……母亲受监禁十三个月后被释放，之后不久去世。在流亡中，开普勒遇到了天文学家第谷。从第谷助手的身份开始，沉浸在无边的天文计算中。他的生活漫长而痛苦，但一直坚信自己的工作和信念都是在揭示上帝设计的完美拼图，他不能容忍天堂中的和谐音符被破坏——而毁灭和谐的人，就包括否认数字"神圣"的伽利莱。

顺便说一下，这个倔强不服权威的伽利莱，有一个更加疯狂挑战权威、最后被烧死的同时代人——布鲁诺，还有一个挑战权威并且青史留名的儿子——伽利略。除了众所周知的天文、物理学成就，音乐爱好者伽利略还前无古人地量化研究了调律中的拍音（beat），也就是在两个声源频率有微小差别的情况下，声波形成的"干涉"。他告诉人们哪怕长度完全相同的弦，如果不同时振动，声音也并不和谐；频率略微不同的琴弦一起振动的时候，那轻轻的"哇哇"声，也就是拍音，而它的频率就是两根弦的频率之差。

历史大书特书的是，在随之的宗教改革的动荡中，已经吃不消的罗马教廷，被伽利略的重炮再次轰击。这些变动对当时社会观念的影响之大，恐怕超过今天的转基因、AI。世界何尝消停过。公平地说，教会并不一定像后世所描述

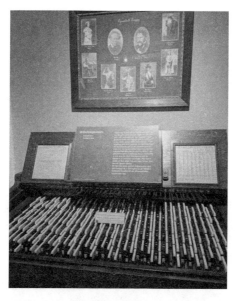

图为一位太渴望解决问题的德国物理学家设计的键盘乐器Orthotonophonium，把可能的和弦都分出来独立成键，以求达到完美和声（作者摄于莱比锡乐器博物馆）

的那样反科学（如上文所述的梅森神父，本人就是青史留名的大科学家），只是信条中视为"根本"观念的动摇，让他们在动荡的精神世界中更加没有安全感，才会有那么强烈的反应。再加上伽利略傲慢、毒舌，写书讽刺教会，最终矛盾不可收拾，教会成了最大的输家。

尾　声

17世纪晚期，作曲家拉莫在慎重考虑之后，接受并推崇平均律。此时的文化背景，是法国的启蒙运动，求知、求理性的空气四处弥漫，卢梭也大力支持平均律。这半个世纪里，各种调性的作品已经多得爆棚，帕赫贝尔的键盘组曲中都会转十几次调，别说写了《十二平均律》、把琴键折磨个遍的巴赫。平均律渐渐占了主导，不少人都觉得这个问题算是解决了——不仅仅解决技术问题，还打开了新世界，可以说没有它就没有德彪西的"印象派"。自此，关于调律的争端渐渐平息，很多人已经不再质疑这个问题。不过，中庸全音律并未死亡，比如一些教堂的管风琴仍然使用它，部分原因是，相当多的教堂音乐不需要所有的调性，而宁愿让某些调性更甜美。也有人坚持中庸全音律，因为在这种律制之下，各个调性的音阶是不同的，各有神韵。我自己的经验则是，听多了ET之下的教堂音乐之后猛一听全音律，三度、五度真如天堂里的回响。

此外，总会有"食不厌精"的呼声：平均律与其他律制共存，对不同的音乐量身而制，如何？我就经常在网上听不同调律之下的音乐，乐此不疲，而总有好事者，会弄出"三种律制中的莫扎特"给人听。现在的电子乐器往往也提供多种调律，尤其是电子管风琴，于是普通人也能假装回到巴洛克。那么，既然调律曾经是个原则问题，自会让人好奇音乐的根本。音乐的美妙，是因为星空、数学，还是生物本性？"会思考的芦苇"无法回避它们之间的联系，但谁又能给出终极答案？一个最浅俗的问题是，为什么无论地区、文化，人类对音调有着相当的共识，比如对和谐的感受？为什么五度、四度被广泛接受为和谐甜蜜的声音，增四度、大二度普遍被认为刺耳呢？传统的看法是，两根弦同时发声的话，它们的弦长比为有理数并且分母较小的话，声音容易被认为和谐，因为人脑容易捕捉到这个频率差；比例是无理数也没关系，只要足够接近一个分母较小的有理数即可，但如果分母太大，比如29/37这样一个数，多数人会认为刺耳（除非某些天赋异禀之人，能捕捉更细腻的频率差）。从另一个角度看，虽然这仍为一家之言，但神经科学界已经有不少论文指出[4]，人对和谐的辨识，跟人类语言不可分割。有统计数字表明，人类以及多数动物的日常发音，尤其是元音，与音乐中的"和谐音"都有更多的相关性，这就是我们所感知的和谐。而人的生物特性（比如喉的结构）决定了发音和倾听的特点和范围，所以，人类以及不少体型相近的哺乳动物，发声和听觉范围是接近的。我自作主张地引申一下：音乐，是人依照这个物理性、生物性的自我而打造的，硬件早已设定。但是，人对声音的感受仍受环境拿捏拉抻——音阶中的七音，跟所谓的"七色"一样，都是人造的。音乐中的生理性和文化性，一直在博弈，互有胜负，边界亦在动态之中，各种试探和观测，都在扰动它。人挑战神意，或者文化挑战生理，有时举步维艰，比如勋伯格的无调性音乐在一百多年里都没能说服多数人。也有时候，一场小革命在作曲家有生之年就看到了成果；作曲家野蛮生长，人群不情愿地往回拖拽，也会被诱惑攻破边界。音乐史就是这么写成的。

---

4 http://www.pnas.org/content/112/36/11155.full 列举出一些常见观点。

无论过去还是现在，人既是天使，也是动物。音乐可以跟星空的道德律平行，可以跟棱角分明的自然数应答，它也是人类耳蜗中的电脉冲，空气中无情传播的声波。音乐不大不小，正好与人世等长。

参考文献：

1. *Temperament：How Music Became a Battleground for the Great Minds of Western Civilization*, by Stuart Isacoff, 2003.

2. *How Equal Temperament Ruined Harmony（and Why You Should Care）*, by Ross W. Duffin, 2008.

3. *Tuning and Temperament：A Historical Survey*, by Murray Barbour, 2004.

4. "Music and Science in the Age of Galileo", *The University of Western Ontario Series In Philosophy of Science*, vol. 51.

5. *The Story of Music*, by Howard Goodall, 2014.

6. *Music and the Making of Modern Science*, by Peter Pesic, MIT Press, 2014.

7. *Music, Science and Natural Magic in Seventeenth-Century England*, by Penelope Gouk, 1999.

8. *Lost in Math：How Beauty Leads Physics Astray*, Basic Books, by Sabine Hossenfelder, 2018.

音 乐 几 何

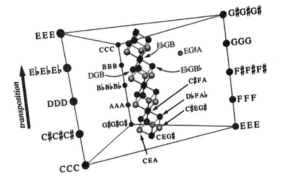

一

YouTube上有个名叫"音乐的几何"的讲座，一位叫作卫斯理（Bill Wesley）的彪悍鬈发大叔跟大家分享他自己发明的键盘乐器。这个后来定名叫"Array mbira"的键盘，把琴键之间的排布重新设计，不再像传统键盘那样从低到高，而是把"和谐"的音放置得尽量近，也就是说，八度音程关系的若干音，一个手指就能弹出来（因为它们分布在一个键的垂直方向，手指"搓动"就可以演奏），然后五度音程的音相邻，为了方便三度、六度等音程，他设置了一些重复的键，这样左右手都可以以小小的移动抵达音符。并且，小调在左手弹，大调在右手弹，这个简单的设计也让一切都变得更方便。这样一来，琴键不是线性的一维，而是平面的二维；弹琴的人即使碰错音，也不会相去太远；更重要的是，转调变得极为容易，因为各个调的键盘看上去都是一样的，不再有黑白键的视觉干扰。他说这样的排布，相当于给乐器增加了一个维度，也就是"情感"，因为和谐度以物理距离的方式呈现了，和谐与否，远近尽收眼底。此外，我想既然西方音乐中有大量的多声部，那么它本来就至少是二维的，有线条，有和谐度，卫斯理的排布不过是用他的方式实现了这个概念而已。

在他的设计中，整个键盘很小，手指的小小移动就能解决大部分的和声进行，甚至能够囊括比较复杂的转调的作品，包括贝多芬著名的转调，都可以清晰地表达出来。因为涉及自己的调律问题，这个综合了几何、算术和物理的设计并不简单，它也不是横空出世，20世纪80年代就有人申请了一种以五度相邻构建键盘的专利（Wicki/Hayden）。这个呵呵憨笑的比尔大叔，在那个视频里自豪地展示他的酷炫乐器。这些看上去只有若干小按钮的键盘，演奏者只需手指轻轻挠拨按压，当真能弹出管风琴那样的效果——从动作表面看，倒真是一种"极简主义"。在我知道的用手演奏的乐器里，恐怕没有谁比他的动作更小。视频是2011年的，至今他们一伙人仍在演奏好玩的炫技音乐，乐器的小家族也在不断扩充，已经包括竖琴了。

我不知道这易上手、声音极为可爱的乐器会不会成为"主流"键盘乐器，能不能登上大雅之堂，至少它的思路很合我口味。我们所习惯的那种从左到右也就是从低到高的键盘排布，本来也出自一种隐喻——声音频率渐高，跟"更加靠右"有什么天然的联系吗？没有。这都是人为的、历史的。那么把一种隐喻换成另一种隐喻，有何不好？"越近越和谐"，比尔打的是"便利"的旗号，其野心可不止于此。他的乐器被一些名乐手使用，还参与了电影音乐，追随者包括"斯汀"（Sting）那样的名组合，他希望有一天可以批量生产这种乐器，甚至能改变音乐世界。当然，各种以"和谐度"为距离构建的键盘，还是要面对一个"不和谐怎么搞"的问题。音乐中的不和谐本来是极为重要的部分。不错，在八度、五度这样的声音里，人脑深感愉悦，但不会满足于此。所以，在和谐和不和谐之间漫步，兼顾平衡与立体，是真正的难事，比尔他们也未必做到了。我慕名去听了能找到的"Array mbira"音乐，虽然极易亲近，也很有冲击力，但深度有限——但这也可能是众人还未习惯它，为它写出多种音乐之故。比尔大叔其人，是个爱钻研的科学爱好者（略带民科色彩）和"文艺愤老"，经常在网站上抱怨音乐越来越自动化、越来越贫乏。"我的乐器视频没有那些好玩的小猫照片，我知道不会有人喜欢。"

时至今日，网络让各种传播都成为可能，我经常在YouTube上看见爱好者们设计的各种奇巧乐器，不少人既是音乐爱好者，也是科学爱好者、"思考爱好者"。其实，用"和谐度"这样更有音乐意义的方式来设计键盘，本应是一种相当自然的思路。音乐中的情绪很鲜明，就算被文化加工得很严重，不少人还是有相当的共同感受，这样一来，用标准化的方式来计量和生产音乐中的感情，就极有诱惑力，这种尝试差不多跟音乐有着一样长的历史。古希腊的毕达哥拉斯发现了弦长与音高的关系，继而从这些比例中看出"和谐"的要义，自此之后，作曲家、音乐理论家、数学家和物理学家们，不知想出多少种体系，想把音乐这种看不见摸不着的东西"绳之以法"。也因为它不能乖乖地摁在纸上，所以有许许多多角度去投射它。

18世纪下半叶以降，欧洲的数学有了巨大的发展，音乐则处在一个多种风格涌动的局面，法国和意大利风格，古代风格和"现代"风格（比如法国理论家和作曲家拉莫为代表）共存。这个时期，热爱音乐并从中获得研究方向的数学家和科学家不止一位，比如瑞士数学巨匠欧拉。本来，音乐只是消遣，不过数学本能让他在音乐中也开始思考数学。从十几岁的时候，他就发表了关于"声音传播"的论文，此后几十年都经常回到对音乐的思考中。1730年（当时欧拉23岁），他的想法是"量化"音乐激发的感觉，也就是，通过分析声音的数学和物理特质，计算出"音乐的悦耳度"。当时另一位瑞士数学家，欧拉当时的老师和朋友伯努利对音乐也有兴趣，但在跟欧拉的通信中，他表示这种快感是基础性的东西，不可能量化，可是欧拉并不放弃。

当时，人们已经知道音程中的八度、五度、四度最令人愉悦，三度、六度算是不和谐，又因为音符有周期性（只有七个音符，然后重复），那么用数字来分析它应该是可行的。欧拉把任意的音程按比例标记出来，比如一个三和弦，用 p∶q∶r（都是质数）来表示，然后创造出一个"和谐度"或者"悦耳度"（agreeableness，拉丁名"gradus suavitatis"）= p + q + r − 2 来记录和弦或者音程的和谐程度。这个结果不仅能解释许多（但并非全部）当时对声音和谐程度的认识，而且它跟后代出现的声波叠加的分析是大体一致的。乘积转换成加法的对数工具并非欧拉所发明，但他是第一个用对数来计算音程的人。欧拉的许多想法受当时的文化影响，今人会觉得荒谬，比如把不和谐音程归为

"上帝不喜欢不完美数字"，把文化差异解释为"野蛮人欣赏不了我们的音乐，因为他们理解不了我们的音乐中的深刻和谐"等，这些认知，都在社会和文化的变革中被人摒弃了。而在这个探索音乐的过程中，欧拉收获了很多数学思想和工具，比如自然对数（e正是以欧拉命名的）。感谢《音乐与现代科学》(*Music and the Making of Modern Science*, by Peter Pesic, 2014) 一书，为我们指出著名的欧拉公式 $F + V - E = 2$，[1]和那个并不太成功的音乐公式 $p + q + r - 2$，尽管二者应用于完全不同的领域，但有着奇妙的内在联系。之后，欧拉的特性数，$X = V + F - E$ 中的 X，也被称为"度数"。

不出伯努利所料，欧拉用数字来表达"音乐的快乐和悲伤程度"的"音乐情感公式"，最终留在了他的早期论文里，只供科学史家来爬梳。渐渐地，欧拉在各种新音乐中扩大了自己对音乐"和谐度"的认识。三十年来，欧拉都没忘记音乐对数学的启发。

时至今日，情感仍然是一种"算不清"的东西，当人们企图去计算"快乐"和"悲伤"的数值的时候，这些情绪

1　V、E和F分别是多面体中的点、边和面的个数。

仍会不断遁形，逃脱各种语言（包括数字）的追索。这是不是人类的宿命？大脑进化至今，仍然是"远古大脑"，仍然残余无法被"升级"的部分，科技也好语言也好，撞在肉身之墙上仍然喏喏退却。语言和情绪的脱节，感性与理性的分离，生理基础相对于社会巨变显出的滞后，仍然源源不断地生产这个人类社会里的各种好戏。

而从另一方面看，音乐难道不是太神奇了吗？音阶中七个音的循环外加一些已知的和声关系，和谐与不和谐的人类感受，竟然给数学和物理打开了这样的天地。追本溯源，这从毕达哥斯时代就开始了，比如那个深深困扰人类的，怎么也驯服不了的五度圈。音乐家为这个顾此失彼的调律问题烦恼，科学家帮不上大忙，反倒证明尝试"完美"的调律是白费力气，但人们在这个死角中认识了更深刻丰富的世界。

如今，欧拉的"音乐数学"成就已经被人梳理并出版了相关的著作。他最重要的音乐研究心得却等了一百多年才在音乐理论家那里听到微弱的回响。《音乐新理论的尝试》（*TENTAMEN NOVAE THEORIAE MUSICAE EX CERTISSIMIS HARMONIAE PRINCIPIIS DILUCIDE EXPOSITAE*）里提出了一个"调性网络"（Tonnetz）：从音程来说，F到C，C到G，G到D都是五度，C到下方A是三度，A到E也是五度。这样一来，十二个音都有了位置，它们不再是一维的性状，而展现了平面关系——不知读者是否像我一样，觉得这个网络跟欧拉著名的七桥图也有几分神似——这些音符也不能遍历。

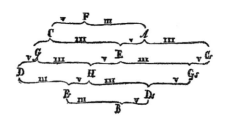

图中字母右边的小s表示升号

注意，欧拉在这里是忽略各个音符的具体音高的，也就是说，某个C音跟高八度的C可视为同一。这样一来，音阶的"扭曲""粘合"就产生了。音阶不再是直线式，它本身就有了平面结构。

不用说，这跟比尔大叔的键盘有着异曲同工之妙，键盘上琴键的距离可以是我们常见的，按声音频率大体均分的距离，也可以是体现声音同构性的抽象距离。这一切，都来自音符的特性——循环性，以及八度、五度、四度这些深植于生理感知和文化习惯的和谐音程。声音的排列呈现网状之后，音乐理论家们立刻感到音乐的进行可以用图形来表示了。

二

数学家和物理学家则是从另一侧面来想这个问题。著名物理学家亥姆霍兹的诸多成就里，包括声学和神经传导的成果。他追索声音的物理规律，还去钻研人耳的结构，大约是想从"认知"那一端，探索音乐和感觉的奥秘。亥姆霍兹从音乐可以移调而声音相对关系不变这一点出发，指出它的空间性：一个物体在空间中移动，也不会发生改变，这一点和音乐是一样的。也就是说，因为物体在空间中可以移动，音乐中的音高由于有比例性，也就是说，两个音如果距离五度，弦长比是3：2，如果距离大三度，弦长比是5：4，那么以此类推，只要保证相对关系不变，音乐就保持不变。那么，音乐一定和"物体运动"具有类似的特质。在这之后，亥姆霍兹持续思考空间问题，在黎曼空间、非欧几何的启示下，将空间、声音、视觉、颜色这些有着诱人联系的课题整理成《论几何原理的起源和意义》（*The*

Origin and Meaning of Geometrical Axioms，1878）等论文。

亥姆霍兹是19世纪的德意志人，此时的文化空气中，音乐兴盛，哲学兴盛，不少科学家都渴望将科学和音乐及艺术统一认识。不过科学帮助人们对声音物理特质的理解迅速提升，音乐家却似乎"听不见"科学的声音。音乐在科学面前沉默，倒是18世纪的欧洲社会剧变，听到了音乐的回答——"古典"的优雅范式消失了，太多的变化破冰而出，曾经对称、收敛的音乐世界再无宁日。无论是莫扎特、贝多芬、舒伯特还是晚一些的肖邦、舒曼、柏辽兹、李斯特、瓦格纳，他们的音乐语言受到文学、绘画甚至政治的影响十分迅速并且可见。而到了19世纪下半叶，数学和物理学明明把声音的传播特质都讲清楚了，却不见任何大作曲家因此再发现一个"特里斯坦和弦"。当时教堂有改革，或者社会有风波的时候，在音乐中引起的变化，远大于揭露物理声音奥秘的傅立叶变换所激发的变化。音乐学家罗森改编美国艺术家纽曼（Barnett Newman）的一句戏言："音乐学于音乐学家，犹如鸟类学于鸟儿。"科学更是如此。

这时的数学和物理，顶多就是对乐器制造和调律帮了些忙——还不一定是什么大忙，制琴者凭耳朵已经把调律试得差不多，能够满足精度有限又受文化左右的人耳需求，基于无理数计算的"十二平均律"的钢琴调律也就是增加了一种可能性而已。之前的巴赫，虽然被今人认为作曲风格"数学般精确严密"，他受的数学教育偏偏极为贫乏，他甚至没怎么受当时启蒙运动的影响，也没有多少历史证据表明，巴赫了解当时的科学成就。而所谓巴赫音乐的"数学性"，无非是"数字性"、结构性和比例性而已，并未超出小范围内自然数的计算。能在音乐性中兼顾数字，已经相当罕见（也并不孤立，巴托克等作曲家也喜欢让音乐和数字"互文"），更何况它并不是音乐的主要目的。说到比例，有人可能会举出"黄金分割"在艺术包括音乐中应用甚广，这在某种程度上是事实，但不少流行的例子是错误或者夸大的，它其实没那么神奇，此为他话。

这样看来，虽然技术的进步让音乐家们受益，又能通过改变音乐的传播来影响音乐，但科学似乎再也没能伸手直接触及和推动音乐的创作。直到20世纪前，音乐家在其中只是科技成就中被影响的一分子，而不是主动采撷科学思想的人。

就像任何有历史、有一定复杂度的事物一样，科学和音乐，在历史上有一定的遇合，更多的时候还是各说各话。

在我们所知的18、19世纪传世音乐家里，几乎无人拥有像样的数学或科学训练（俄国人鲍罗丁例外，不过他的化学家生涯跟作曲事业似乎并无直接正向关联）。科学的逐渐专门化，也令圈外人不能轻易涉足，歌德那样的通才越来越少。

那么，如果"科学只能间接地影响音乐"是个真命题并且是个"问题"的话，它出在音乐家身上，还是音乐身上？原因有很多。泛泛而言，古今中外的艺术家，往往不同程度地拒斥科学。这也可以理解。难道艺术不是承担科学所"余"的部分吗？此外，专门化的科学和专门化的音乐，注定无法在人脑中获得精确的对应，因为不可能那么巧。科学方法、理性思维在任何成体系的分支里都有应用，音乐也不例外，但更抽象复杂的科学原理并不能激发更深刻的音乐。人脑虽能对音乐的"长度""比例"有所感知，但不大可能精细到科学所抵达的程度；即便感知比例，往往也不是复杂的比例，比如两个音的频率比，但凡悦耳之音往往分母较小（基本在10以内），而不大可能是113 / 199这样的数字；那些直接依照技术原理或者数学模型的作曲，都不一定影响到音乐品质本身。

你也可以说这并不是问题。数学或物理，是以事物一般性为目标，那么从其他领域（音乐是其中之一）获取结构上的启发，并推广出新法则，是完全可以想象的事情。而音乐针对的是人的耳朵、人的情感，受众的感官功能是有限的，何必去操心宇宙法则呢？

只是20世纪之后，科技对文化的颠覆更大，加上文化的碎片化，总会有艺术家攫取文化中的一面，据为己有。同时，美术中出现了立体主义、抽象派，时间和空间都成为思想的主题。音乐中的十二音、序列主义等都有了数学元素，电子音乐则终于直接地应用上了技术。而对音乐家来说，科学仍然是可选项，不是必选项。20世纪作曲大师斯特拉文斯基就说过："我完全不懂'声音'是怎么回事！"

三

特莫斯科（Dmitri Tymoczko）是普林斯顿大学的作曲教授，也是位理论怪才，他为"空间理论"着迷，写出的音乐论文《和弦中的几何》据说是美国《科学》杂志有史以来发表的第一篇音乐论文。YouTube上，有若干他的讲座，关于"音乐的几何""音乐的空间""音乐的形状"等。他出生于1969年，紧随"垮掉的一代"生长，父母是大学教授，又是"嬉皮士"，一家人住在嬉皮公社的大房子里，还种植大麻。小时候，父亲曾因为上街抗议越战而被捕。他在这样的家庭中长大，既喜欢智识，又有一身反骨，当然还有对音乐的痴迷。他从小在钢琴和电吉他上弹着摇滚，其间也学点贝多芬和巴赫，后来幸运地遇到一个老师，"把两个世界捏合在一起"。那时候他数学很好，可是最终选择了音乐——曾经也是那么特立独行的父亲，临终时则要他许诺去耶鲁大学读法律而不是学音乐，他答应了，心里却有自己的小算盘。后来，因为种种原因，科斯莫特想过放弃音乐，去哈佛大学读了四年哲学，不成功，最终又回到音乐，认真思考自己的作曲之路。

然而学院里的严肃音乐，永远在"如何让大家接受"的问题上挣扎。特莫斯科戏言，"这些音乐作曲家都得花钱请人来听"，"作曲家终生在大学里勉强糊口，看人脸色"。前辈告诉他作曲家"让餐桌上有食物"是多么不容易，有些令人尊敬的前辈费尽心机帮人找教职，以求同仁们衣食有靠。另一方面，他又很惊讶音乐世界内部的壁垒，严肃、流行、电子、摇滚，音乐学院的老师跟外面完全不在一个世界中。

特莫斯科并不想解决音乐的接受问题，但他想去寻求音乐底层的奥秘，至少尝试去表述它。《音乐中的几何》这本大作，是其多年思考的一个总结，谈的是和声进行的"几何表达法"。简单地说，他设计了一些几何空间，连接其中一些点，形成矢量，看看它们最终形成什么模式，或者，按照传统和声原则在这些空间中旅行，看看能产生什么样的音乐。在他的观察下，格利高里圣咏和一首德彪西前奏曲甚至爵士乐手柯川的音乐显示出惊人的联系。上文说过，用空间来表述和声进行，可以说古已有之（比如欧拉的和声网），但现代音乐为它提供了更有意义和更有意思的材料，更何况群论、集合论、非欧几何、拓扑学这些工具，为之提供了更精准的框架。

在他这里，音乐是实实在在地受一些几何观念指引，尽管这并不是多么复杂的几何，并且和不少音乐理论书籍一样，即便从数学出发，数学也随音乐话题的深入渐渐隐形，取而代之的还是音乐实践和音乐判断。数学观念最多仅仅是一个发端和灵感，一个隐喻的借口。即便如此，他的创造力和洞察力还是让人叹为观止。比如第三章"和弦的几何"中有这样一幅十分经典的图，任何读到此书的人都不可错过：

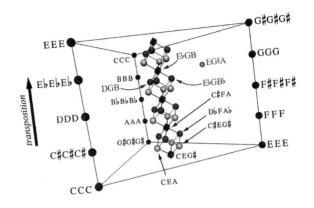

　　这是个三维空间内表达三和弦（由三个音组成的和弦，比如C—E—G）的图示。我这个普通读者，从他讲二维（三和弦）的时候，就吭哧吭哧用纸来折莫比乌斯环[2]去理解，之后又想象一个棱镜的两端拧了120°对接上，而它的真正模型是只有一个边界，蚂蚁从某点出发会爬回原点的"甜麦圈"。边界上的点是三个相同的音，表面的点是三个音中有两个相同的音。上面这个棱柱图是把甜麦圈掰开重建后的视图，不够直观，不过能显示甜麦圈内部的音。之所以这样扭曲，是基于"不同八度内的同唱

2　因为两个相邻八度的同唱名音被视为相同，所以用莫比乌斯环——只有一个表面和一条边界的曲面表示。从某点出发，在同一表面上，不经过边界，可以回到终点。

名音视为相同"的假设，这也是特莫斯科的出发点之一，他把音符囚禁在一个八度之内，强迫它们折叠，这显然还原不成我们听到的音乐，但音阶在空间之中能够翻转、重叠，恰恰表明为何音乐有无穷可能，却又极为简单。音乐可以漫长、复杂，有曲折的路途，而换一个滤镜去看，比如"和声的距离"，音乐可能极为精练和静止，一剑封喉。

作者用陶土自制的三维空间模型"甜麦圈"，它表达所有三音的组合，不过有些组合在它的内部，不可见。它只有一个边界，所有三个音相同的组合都在边界上，两个音相同的组合都在表面。连线表示三音每一步的半音变化。

他写了这本巨著来描述几何模型下的和声进行和对位，自己的作品则践行其理念。让人服气的是，他在经典曲库的数据中挑出一些杰作，来证明有些作曲家在和声进行方面，果真遵循一定的对称原则，符合他的理论，最著名的例子是肖邦的《e小调前奏曲》（Op. 28/4）尽管作曲家是无意识的，尽管他挑选的方式是观念先行的。书中的图示较为烦琐难懂，有人简化成下图：

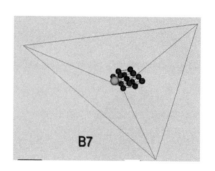

左下角的"B7"是曲子中间的一个和弦，大圆点表示当前的和声，中间一簇圆点表示和弦在空间中的位置。而且，这是一个四维空间的投影。如果读者能看到动图，那会是一场音乐的"星际旅行"。

因为和声进行在他这里用点、线来表示其路径，那么他常常可以指出，某两首作品听上去如此不同，但它们的路径形状相似。这种奇妙的联系让我十分着迷。他认为好听的音乐应该是具有某些几何特质的。不过，在头脑中建立这种联系确实需要漫长的训练，何况特莫斯科对声音的辨别有一个前提：音阶上的音不管八度，只在乎唱名，但一般人的耳朵和大脑并不容易忽视音区。特莫斯科自己或可在脑中建立和弦的几何关系跟音乐的联系，据说数学家欧拉也可以。不过我自己尝试过，至今徒劳。假如，相当多的作曲家接受了这一点，并且将这种"空间听觉"内化成音乐能力，是不是我们的音乐会因此不同？那么所谓音乐如同建筑云云，也真有了另一层极为贴切的意思，甚至可能带来哲学意味的颠覆。自从读了特莫斯科，我虽然不能直接从音乐中"听"出空间，但面对谱面我会多出一些想法，知道音乐的"本质"还有另一重认知可能，音乐是一场运动，一段旅行，但起点和终点，未必是你以为的那样。换句话说，某些音乐体现出一些几何性质，有人把这些性质提取出来，再应用到别的音乐上，发现仍然成立，所以，几何的结构性和音乐的结构性，必然是有所重合的。

四百多页的巨著，涵盖太多"干货"，野心也惊人。作者能在各个门派的前辈杰作中获得印证，尤其是在古典和爵士中都能找到这样的统一性,恐怕有种喜大普奔的兴奋。他也承认并不是想把这些和声迁移路线当作作曲秘籍来推销,而只是对一些好的作曲想法给出预测,看是不是会走到死胡同。他还做了个能模仿理论的软件,用鼠标随意选择一些音,它就能显示出和声路径,一切都机械而确定。

我好奇地在互联网上小小研究了一下。原来在空间中用点、线、面来构造和声进行,使音阶翻转、黏合,把线性的音阶编织成网络,也并非前无古人,五花八门的模型一百年来已经有了不少,比如里曼理论、新里曼理论等。"声音的距离"成为实实在在的、可测量的数值,只是它们看上去还是小众的游戏,至于对群论、集合论的应用,跟真正的数学研究比起来,如同过家家,与其说是应用,倒不如说仍然是一种概念性的隐喻。但是,在人工智能拥有无限可能的今天,谁说这些隐秘的联系不能带来真正的改变,甚至人的情绪也能整出傅立叶变换?既然人脸识别都能搞出来,谁说欧拉企图算出"音乐悦耳度"的理想不能实现?

对那一天,我既盼望又略感恐惧。或许我会更留恋人类的浪漫时代,他们天真地以为艺术是可以抵抗科学的,艺术就是抵抗科学的。也有可能,当AI几乎取代一切的时候,科学和艺术又再次分手，因为到了那个时刻，人生还是会剧变的。人脑的进化仍然在吭哧吭哧地缓慢爬行，但人的心智已经不再是这个世界上最强悍的声音。

参考文献：

1. http：//sonograma.org/2017/01/conversation-dmitri-Tymoczko-part1.
2. https：//www.youtube.com/watch？v=SU2JztST_TY&t=1306s（Bill Wesley）.
3. http：//dmitri.mycpanel.princeton.edu/chordspace.html.
4. *A Geometry of Music Harmony and Counterpoint in the Extended Common Practice*，by Dmitri Tymoczko，Oxford University Press，2011.
5. *Music and the Making of Modern Science*，by Peter Pesic，MIT Press，2014.
6. *Music by the Numbers From Pythagoras to Schoenberg*，by Eli Maor，Princeton University Press，2018.

万物有波
—— 傅立叶与声音的故事
——

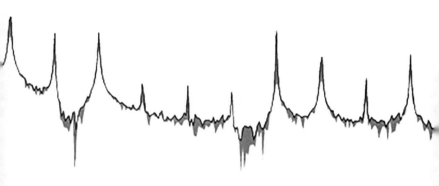

傅立叶是谁

"傅立叶级数",远比傅立叶有名,不过法国多事之秋中的数学家傅立叶其人,也有不少故事。

傅立叶(Jean-Baptiste Joseph Fourier,1768—830),出生于离巴黎不远的小城欧塞尔(Auxerre)的一个裁缝之家,9岁成了孤儿,之后进入本笃会(Benedictines)修道院,又在本地的一所军事学校继续读书,开始爱上了数学。他在教室里到处捡人家丢弃的蜡烛头,晚上好接着钻研数学。十三四岁的时候,他已经自学完了"贝祖定理",成了校中的学霸,不要说数学,连歌唱都拿了奖,他的理想是凭成绩进入军事学校学工程。不过,这个快乐、敏捷的孩子16岁患上了哮喘,不得不花整整一年时间休养。此外,军事学校要求必须贵族出身的人才能继续学习军事工程，这样，他狠狠地被拒绝了，"哪怕他是第二个牛顿"，官员这样说。

虽然军事学校的路子被堵死了，但二十出头的傅立叶有机会在欧塞尔的一所修道院里教数学。当时的法国修道院也是教育、科研的场所，有些修道院在后来的法国大革命中关闭，也有些因为拥有雄厚的教育实力得以幸免。傅立叶所在的修道院就是这样，平安度过了动乱期。只是他在这里也并不开心。当时，在家长们的要求下，拉丁文已经渐渐让位给数学。虽然是数学控，但傅立叶很不满意学校放弃拉丁文，他终生都热爱人文。此外，他在信中[1]不断抱怨，自己本来是要献身于研究和信仰，不料每天面对的都是鸡毛蒜皮和种种摩擦。他每天的生活很有规律，但没什么自己的生活。日日无书可读，一度就用一本残缺的蒙田来消磨时日。他在日记中写道："昨天是我21岁生日，牛顿和帕斯卡已经成就斐然的年纪。"

1792年，法国大革命处在高潮期，无数神父被杀，修道院里人心惶惶。不过，安静的小城欧塞尔并没怎么受大革命的影响。后来形势突变，欧塞尔不再宁静，傅立叶突

---

[1]　1788年5月2日给朋友伯纳德的信。

然决定投身本地的政治，而此时过了9月，革命又进入恐怖时期。他萌生退意，但为时已晚，很难抽身了。他被派到奥尔良执行任务，中间卷入了一些冲突，细节并没有太多记录，但他在日记中说："绝对没有违背大革命的原则。"到底什么是大革命的原则呢？这即使在雅各宾派的核心之内也有异议。在王后和一些吉伦特派成员被送上断头台之后的高压环境里，傅立叶处境危险，幸好有人力保才没有被当作敌人。此时人人自危，命如草芥。

而傅立叶回到了欧塞尔，当上了欧塞尔革命委员会的头领，拥有了那么一点点自保的特权。这两年里，近二十万法国公民在嫌疑犯法令（Law Of Suspects）之下被捕，一万七千多人被处死。到了1794年10月，傅立叶也被逮捕了，有人说他"不适合公职"。他获释后又重新被逮捕，罪名起源是在奥尔良的一次运动中站队到"无裤党"（Sans-culottes）[2]那边，被罗伯斯庇尔的人视为威胁。此时恐怖气氛愈演愈烈，杀人如割韭菜，26岁的他，在死亡的恐惧中度日如年——万幸的是，几天后罗伯斯庇尔自己也被送上了断头台。消息抵达欧塞尔，包括傅立叶在内的许多身处危

2　无裤党，原意指法国下层阶级老百姓，也指大革命早期的激进主义者。

险的人都松了口气。又煎熬了一个月，他才被释放。

此时傅立叶虽然仍有政治职务在身，但终于当上了欧塞尔学院的数学教授。不过，后来他被法国师范学院（那时还不叫高等师范学院）录取，就来到了恐怖气氛未除的巴黎。进了学校，傅立叶如鱼得水，他遇到了拉普拉斯、拉格朗日、蒙日这些一流数学家。

在这里，他总算是远离政治，并且恨不得把"革命"的过往从自己身上洗清了。可他毕竟是革命委员会的前主席，人家可没忘记旧账。有消息传来，因为恐怖时期跟权力相联系的过往，他可能会被从学校开除。不久他果然再次被捕。他要求公审，并申明自己在欧塞尔任职期间，从未加害过人，从未允许和参与恐怖的屠杀，相反，他自己倒险些被极端的革命者送上断头台。他救过不少无辜者，也不可避免地签署过很多人的逮捕证……他申辩说，"他们以为以我的位置，可以拯救所有人……"讽刺的是，现在指控他的人，有一些属于他支持的"无裤党"，不久前傅立叶还因为他们而入狱。最终，他又糊里糊涂地给放了出来。回学校教书的时候，中央理工学院（École Centrale）已更名为巴黎综合理工学院（École Polytechnique）。他自然继续夹起尾巴做人，前雅各宾派热血青年闭口不提革命。

1798年，拿破仑将军要远征埃及（并且有着"科学考察"的目的），征召了一批科学家、学者甚至艺术家，仅仅巴黎综合理工学院就有不少人，傅立叶作为数学家应征。士兵去了三万人，一共出动十八艘船。轶事一则：混血的骑兵军官托马斯-亚历山大·仲马也在其中——他是贵族和黑奴的孩子，一生跌宕传奇，而他的儿子，就是写了《基度山伯爵》的大仲马。托马斯-亚历山大·仲马在伴随拿破仑的埃及之行后被俘两年，而这正是半个世纪后之后，"最畅销的法国小说"，《基度山伯爵》的灵感所本，大仲马本人还和波拿巴家族有一些联系。

去往埃及的海路极为漫长，拿破仑但凡不晕船，都会召人来谈谈科学问题，后来演变成一个"开罗学会"，傅立叶任秘书。旅途极为艰苦危险，一度与大陆断了联系。种种坎坷之中，拿破仑仍然定期跟学会的人见面。这个学会不仅是为推进关于埃及的研究，某种程度上也是拿破仑的智囊团，讨论的问题从在当地酿啤酒到造风车，无所不包。科学家和学者对这种生活深感兴奋，比如傅立叶听到传闻说要撤离开罗的时候，追着蒙日等人直到大街上理论；同行者中却也有人追着拿破仑苦苦央求带他回法国。

最终，他们还是狼狈兮兮地返回了法国。这次探险在历史上留下许多话柄，比如给当地人带来了巨大灾难，再比如拿破仑本身也损失惨重，还抛弃了官兵自己秘密逃回法国，留下个烂摊子。他曾经许诺让每名士兵带回六亩地的财产，其实最终幸运回国的人，能带一些"传说"和一点战利品就不错了。而拿破仑此行，对埃及古文化、象形文字的研究，对"埃及学"的创立，倒真是彪炳后世。傅立叶在这里的时光，从表面看只是履行使命，认真整理开罗当地的地理和文物资料，日后出版了一册详细的《埃及记述》。今天的理科生们，谁能想到数学家傅立叶竟然是"埃及学"的创始人之一。

3年后，33岁的傅立叶被拿破仑任命为伊泽尔省 (Isère) 的省长（Prefect，当时的法国共有83个省），可他本来是打算回师范学院继续当数学教师的。没有办法，只能硬着头皮上任，工作很多很杂，从城市的排水到修路，还在省会格诺伯勒成立了"艺术与科学学会"。正是从这段时间开始，他对热传导产生了兴趣——他身体不好，总要待在温暖的房间里，而从炎热的埃及回到寒冷的伊泽尔省之后，他的健康状况更加糟糕，得尽力维持房间的温度。大约是出于这样的原因，热在固体中的传导、扩散成了他喜欢思考的问题。1807年，在这位年轻省长的政绩中，居然增添了一篇记载于史册的热学论文《热在固体中的传播》。这是他一生看重的热传导研究的开始。

在成功的仕途中，傅立叶并不快乐。他的数学家师友们大多在巴黎，他们都知道傅立叶渴望回归数学圈子，也都尽力建议拿破仑，放傅立叶回学校教书，但拿破仑充耳不闻。很多人悄悄猜测，大约傅立叶曾经力挺过拿破仑的一个政敌。看上去，傅立叶在伊泽尔省得做到退休了。

命运却出现了转折。1814年，普鲁士、俄国等国的盟军攻入巴黎，拿破仑打了败仗（上次外国军队攻入巴黎还是在20年前），被迫流放厄尔巴岛。此时，伊泽尔省正被奥地利军队围困，拿破仑流放路上正好要途经这里。这可尴尬了，作为省长不能不迎接，但该怎么面对失势的旧主呢？躲起来不站队也不可能。傅立叶没有好办法，只得懊丧地等待那一刻。不过到了那一天，消息突然传来，拿破仑绕道而行，不经过这里了。傅立叶终于松一口气。不过后来有人发现，这其实是傅立叶自己争取到的"福利"，他试着放风给拿破仑，说欢迎人群可能太多，有些危险云云。

这段时间里，被砍头的路易十六的弟弟、从大革命时期就流亡在外的路易十八已经回到法国，波旁王朝复辟。风头突变，谁都摸不准形势。1815年2月，傅立叶突然收到邻省省长来信，拿破仑又带着一千多人来格勒诺布尔了。怎么办呢？傅立叶这次不能再躲了，赶紧向市民申明"必须跟国王一条心"的立场，违者必究。最后，拿破仑还是让人强行打开大门，此时傅立叶已经从另一扇门消失了，给拿破仑留下一封信，说自己实在无奈，必须对国王尽忠，望旧主海涵。后来，拿破仑建立了"百日王朝"，对傅立叶记恨不浅，把他从在伊泽尔省长的位置上停职，派到里昂。不久后，傅立叶就在官场的人际斗争中落败，辞职。拿破仑给了傅立叶一笔退休金，让他告老还乡了事。

傅立叶终于摆脱了案牍劳形的生活，回到巴黎，跟数学家拉普拉斯、蒙日等人再次聚首。但此时风云又变，拿破仑战败，法国又复辟成了波旁王朝，傅立叶的退休金也被废止了。恐怖时期又开始了，只是换了个方向——前雅各宾派、拿破仑党都受到了保皇党的迫害。最后，在一个熟人，也是埃及之行的同僚之一的帮助下，傅立叶争取到了小笔收入，在塞纳的统计局谋得一份监管之职。而忠诚地跟随拿破仑远征埃及，后来又兢兢业业为法国高等教育尽力的蒙日，则没那么幸运了。他被驱逐出科学院，最终死于潦倒。

傅立叶此时希望自己能逐渐恢复在科学界的地位，比如能进入法兰西科学院，另外还希望争取到一个比较舒服的待遇，起码要恢复拿破仑批准的退休金，但都被国王无情地否决了。虽然他当年卷入雅各宾派的污点没有遭到"再度曝光"，但他在拿破仑百日王朝这段时间仍对旧主有所支持，虽然最终与拿破仑反目，但新国王显然更反感他。傅立叶就这样被两方唾弃，为了争取一份体面的待遇，经历了一场痛苦的拉锯战。傅立叶在信中[3]陈述自己当年主持《埃及记述》的编订耗尽心力，都没拿到报酬，在伊泽尔省为了排水工程自掏腰包也没有报销。拖到1816年，傅立叶似乎有机会抓住空缺，进入法兰西科学院，却又被国王无情地否决了。之后傅立叶不断地申诉，朋友不断地向国王请求、解释。又过了一年，科学院的物理分支有了个空缺，傅立叶在50票中获得47票，又有朋友的大力活动、推荐，终于进入了法兰西科学院。至此，傅立叶终于拿到一笔稳定的收入，也算正式进入了科学圈子，这才可以全心全意地工作了。

1822年，法兰西科学院的永久秘书长去世，傅立叶众

3　见傅立叶1816年3月28日写给法国内政部（Ministre de l'Intérieur）的信。

望所归，当选为新秘书长。不久，拉普拉斯去世。此时法国数学界依然活跃，除了身居高位的泊松，还有江湖之外的高人柯西、伽罗华和阿贝尔。科学界虽然有不少名位之争，大师有时也会打压异己，但法国在如此乱世之中取得的科学成就仍然十分惊人。如今一个普通的工程类、科学类高中生、大学生在教科书中都会屡屡遭遇那个时代的法国科学家的名字，从微积分到概率论，从电流单位到复数概念。

傅立叶终身未婚，似乎也无心属之人，后人只在信件中读到他多次提及的、自学成才的数学家索菲亚·热尔曼（Marie-Sophie Germain，1776—1831）。在一封为索菲亚所写的推荐信[4]中，他说："这位罕见的优秀、美丽的女士配得上您对她的关注。我温柔地爱着她，并且深深感激您为她所做的一切。"蛛丝马迹，这就是傅立叶存世的全部浪漫史。

1830年，傅立叶当选为瑞典皇家科学院外籍院士，也陆续获得很多荣誉，但身体状况愈加糟糕，类风湿愈加严重，几乎不能出门，只能裹着厚厚的毛衣待在家里，后来

4　见1823年6月1日傅立叶写给法兰西学院的信，收信人不详，存于巴黎国家档案馆（Archives Nationales，Paris）。

连呼吸都困难了。在最后的日子里，他得把自己包裹得只有头和胳膊伸出来，如此才能进行工作。只要有可能，他还是疯狂地工作。

当年3月，他突然在楼梯上跌倒，两星期后去世。

什么是傅立叶级数

以上是"数学家傅立叶的故事"。不过在生命的大部分时段，傅立叶不是专业数学家，而是一个仕途平静的地方官员，爱数学、爱生活，兢兢业业完成各种任务，同时一生受疾病所扰，最终天不假年。他因为时代之故卷入了政治，一生沉浮非己身所能左右，但很幸运地苟全于乱世，最终在数学圈子里获得了教职，跟很多一流数学家都有交流。数学家傅立叶的精神世界，其实远比那个作为军官、政治家的傅立叶要精彩得多。

今天生活的方方面面，都没有逃脱傅立叶级数的影响。

让我们以声波为例，介绍傅立叶最重要的数学成就"傅立叶级数"（包括傅立叶变换、傅立叶分析）。大家都知道声音是由物体在媒介（常常是空气）中的振动产生的，关于声波的几个彼此独立的要素有振动周期（波峰到下一个波峰的时间长度）、频率（每秒振动次数）和振幅（跟响度成正比）。因为现成的正弦和余弦公式简洁完美地表达了周期性，所以人们借用这个工具来描述波形。真正的振动过程是复杂的，比如音乐中的拨弦乐器在手指拨动下的变化：

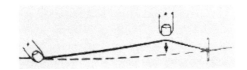

但是，正弦/余弦函数表达的波形，并不能直接画出这个手指拨出的"尖角"，它一定是个各种波形复合的产物。所以上图的拨弦，产生的声波如下图（横轴为时间，纵轴为振幅）：

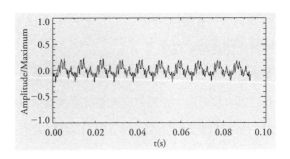

但也有些时候（比如需要取出或者过滤某个频率的声音），频率成为纵坐标。而某个一般性的，也就是"凌乱"的频率波形终将分解成若干"纯净"的三角函数之和：

$$f(t) = a_0 + a_1\cos\omega t + b_1\sin\omega t + a_2\cos 2\omega t + b_2\sin 2\omega t + a_3\cos 3\omega t + b_3\sin 3\omega t + \cdots$$

也就是$f(t) = a_0 + \sum_{n=1}^{\infty} (a_n\cos n\omega t + b_n \sin n\omega t)$（注：$\omega$是角速度），而$a_0$、$a_1$、$b_1$、$a_2$这些系数都必须求出来。傅立叶提供了十分巧妙优雅的解法（所以这些系数也称为傅立叶系数），有兴趣的读者可以轻易搜索到它。为什么这么巧，这个系列正好含有某个角速度的倍数？因为数学家要寻求一种好算、好表达的方式，理论上各个角速度可以是任何数值。而这种好算、好表达的方式，事实也证明可以用来模拟到跟实际波形"近乎乱真"的精度。说来说去，科学家的所谓"征服"，首先就是"表达成我们能理解的样子"。

关于声波的叠加，这里只举个实际的例子，显示几种乐器的音色（纵轴为振幅也就是声音响度，横轴为频率也就是音高，也就是说，可以显示某个音高对应的振幅）。以下图例是笔者用软件记录几种乐器中央C的频谱图。每张图都显示若干峰值，因为任何一个音都包含许多泛音：

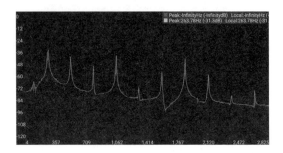

钢琴

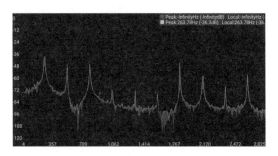

羽管键琴

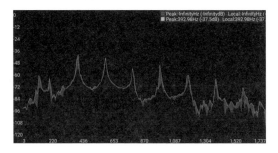

竖琴

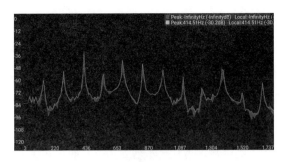

单簧管

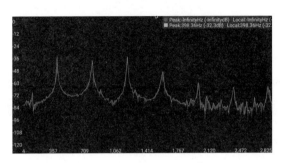

长笛

从声音的参数来看，为什么乐器在演奏同一个音的时候会呈现非常不同的音色？而上述求和公式就告诉我们，每个分量前面那个系数不同，也就是有多少个400赫兹，多少个600赫兹，多少个800赫兹……组合不同，声波的峰值、形状就不同，音色也就不同，而占据主导的那个频率，正是我们所说的基音频率，也就是乐器上你正弹（拨/拉/吹）

出的那个音，至于它的泛音，有兴趣的读者可以阅读声音的参数，从速度、波长、频率等特质看到稳定的波形系列，这是泛音的本质，也是演奏者在操作中不断改变这些特质，以获得声音变化的几何与物理基础。

那么，在上述的求和公式 $f(t)$ 中，正弦和余弦明明是两个相关的函数，为什么不合二为一？如果初始值并不重要，只关心曲线形状的话，其实只用正弦或余弦函数皆可。不过在现实世界里，需要计算出各个系数的时候，正弦和余弦函数会同时出现在公式里。两者混合起来的表达，要感谢天才的瑞士数学家欧拉，不仅发明了 e 这个神奇的自然常数，还发现了 e、复数和三角函数之间的关系，这就是欧拉公式：

$$\cos\theta + i\sin\theta = e^{i\theta}$$

而复数这个如今高中生也要费点思量去理解的概念，16世纪的意大利人卡尔达诺（Gerolamo Cardano，1501—1576）已经提出来了，而它真正完善成我们所知的样子，也经历了两百余年。

这样，在求得 $a0$，$a1$，$\cdots$，$b1$，$b2$，$\cdots$这些系数并代入，又经过欧拉公式的替换之后，最终含有正弦、余弦的求和公式在无限时间域内统一为 e 的表达

$$\hat{f}(\xi) = \int_{-\infty}^{\infty} f(x)\, e^{-2\pi i x\xi}\, \mathrm{d}x,$$

这是一个更一般的公式（ξ只是为区分x），原本是频率的$f(x)$，变成另一个变量ξ的函数，时间变量不复存在，因为它整合进了ξ的函数。当然，这个积分并不容易求，所以渐渐有了各种算法去逼近它。但关键在于，不管你有一个什么样弯弯曲曲的周期连续函数$f(x)$（哪怕它不是周期函数，也可以在一定条件下用求极限的方式转换为周期函数），都能表达成一个积分（在离散条件下，就是求和）公式，$f(x)$就这样被"化解"了，它甚至不必是周期性的。在实际应用中，时间域有限，你能用一系列正弦函数和余弦函数的和来逼近这个弯弯曲曲的$f(x)$，而所谓"滤波"、去噪音的过程，都是应用它的结果。而那个谜底，$f(x)$，产生傅立叶系列的"原初"连续函数，也可以在合适的条件下积分还原，所谓逆变换。比较一下上面的公式，两者显示出惊人的对称：

$$f(x) = \int_{-\infty}^{\infty} \hat{f}(\xi)\, e^{2\pi i x\xi}\, \mathrm{d}\xi,$$

上面两个公式中，戴着"帽子"的函数是指函数经过傅立叶变换的结果。逆变换中，戴着"帽子"的公式跑到积分里面，也就是说，在傅立叶变换中被分解的那个函数现在是被"复原"的对象，从理论上来说，计算逆变换相对简单，因为只需把各个分量加回去即可。

上面说到坐标系，横坐标为时间，纵坐标为频率，但也可以有别的表达方式，比如极坐标系，任何一点都可以用它从原点旋转的角度和距原点的距离来表示。如果用它来描述波形运动和傅立叶变换的话，任何一个形状的图案，都可以叠加若干直径的小圆圈[5]画出来。下图是一个视频的截图，一张"傅立叶画像"就是这样产生的。画像中的小箭头是矢量勾画出人脸细部的步骤，也是傅立叶级数叠加的过程。

万物皆圆——多么迷人的过程：

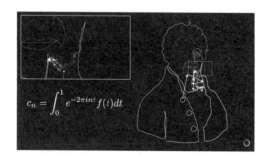

图片来源：https://www.youtube.com/watch?v=r6sGWTCMz2k
（3Blue1Brown）

5　叠加即为向量求和。

这样一来，许许多多的数据变化形态，都可以被模拟。声音、电流不用说，地震、心跳、血流、股票、气象也都不在话下；任何看上去高低不平的噪音式波形，甚至任意一幅画像，都可以乖乖地被分解成若干个整整齐齐的、带有系数的周期性三角函数波形的叠加，它们也可以组装成原来的样子。这中间会有一些"约等于"造成的信息损耗，不过一般可以达到我们需要的精度。

尽管这些公式初看十分复杂抽象，其实相对于真实而言，公式都是描摹世界的极简版。你我随便拨一下琴弦、敲一下鼓、说一声"啊"，在这个世界上造成的变化远比这些公式复杂得多。公式们要么大刀阔斧，对细节视而不见，要么高屋建瓴，对混乱表象只取平均值，才有了我们对世界牙牙学语般的初级认识，也才有了种种粗糙模仿。无数电子设备、电声乐器，都源于此。傅立叶级数帮人分析、模拟音响，也可以创造出自然中不存在的音响，整个电子音乐产业，没有傅立叶级数就不会存在。

最为有趣的是，虽然傅立叶变换这个数学工具不过存在了两百多年，但自古以来，人耳却一直依靠自己的生理结构顽强地做着"傅立叶变换"，这才有了人类以及多数哺乳动物对音乐、声音的接收。这个结构大概来说就是，耳蜗（Cochlea）中有个锥形的基底膜（basilar membrane），不同的"地段"有不同的宽度、厚度和硬度（也就是从硬的一端渐渐变软变细），这些物理性的区别会形成不同的振动，硬的一端频率较高，沿着基底膜递减。膜上有很多毛细胞，它们对不同的振频有不同的反应，把电势能通过神经细胞输送给大脑，这其实就是个滤波的过程，从混乱的振动中分拣出一些频率。膜外也有毛细胞，可以把大脑的取舍、调整反馈回来。注意，基底膜的物理形态就是把声波做出傅立叶变换的关键，也就是耳朵能滤出什么样的频率。而大脑那一端对声音的处理就复杂多了，习惯、训练、文化环境都会影响它。

万 物 有 波

傅立叶的名字，最终被刻上了埃菲尔铁塔。塔上的72个名字中，还有柯西、蒙日、泊松、拉普拉斯、拉格朗日等数学家，他们都经历了从法国大革命到拿破仑的时代，多少都受到了政治的影响。而那时的军事热情也推动了应用数学的发展，从这个角度来说，傅立叶的发现也离不开那个时代。

不过，他最早感兴趣的题目是热传导——他对温度、热传导的话题真是从不疲倦，如今的"温室效应"的概念也是他提出的。他早年最有影响的，获得法兰西科学院大奖的论文就是关于热的解析。所谓"傅立叶级数"，正是在热传导方程的求解过程中提出来的。傅立叶研究热学的路漫长而曲折，数学家、物理学家们对他的研究讨论了十余年，最初因为"观点不够原创，前人已经提出来了"，泊松、拉普拉斯等人都对他提出过质疑。傅立叶在压力之下不断寻求改进，写出了好几篇重要论文，最后被逼出来最有意义的三角函数拆解一般函数的结果，为后来的数学发展打开了一扇大门。

如今的傅立叶变换理论，并不完全出自傅立叶之手，许多前人、后人都对它们有所贡献，傅立叶本人的论证甚至存在一些错误，但他提出了本质的思想，尤其是解决了波形的一般性表达，故厥功至伟。而声波的分解和叠加，是傅立叶变换的典型应用之一，它的精彩之处，在于它体现了许许多多事物的核心，以及那种万物归一的力量。常常，在一个用求和来"模拟"波形的过程中，当n=1，2，3的时候，被转换的函数的形状离原函数似乎还全不搭界，当n逐渐增加之后，却渐渐如同精细的手工描绘一样逼近。又因为可以双向转化，那么我们可以把一段音频分解之后，去掉一个高音频再重组。这样看来，声音甚至音乐，反倒一点也不特殊了，至于音乐的电子化、数字化，只是水到渠成而已。傅立叶系列，的确揭示了一部分音乐的秘密，它将声音的传播方式工业化，也改变了音乐工业的进程。在欧洲文明里，音乐曾经有那么神圣和根本的地位，而如今对它的模拟和再现都成为可能。所谓音乐和数学的本质联系，或许仅仅是因为，数学形式在世上无所不在。

从欧洲的启蒙时代开始，人愈加自信甚至狂妄，因为科学似乎无所不能；可同时人也变谦卑了，因为会更客观地看自身，知道自然并非为取悦人而存在。物理学研究声音，就应该面对各种声音（包括人听不见的振动），而非"好听的声音"，所以科学家的研究，从对和声、和谐的认知变成声学，数学和音乐的分裂已经不可避免。到了20世纪，学科越来越细，也越来越多，有一部分就来自传统学科的交叉，所以有了"计算音乐"这么个分支。数学家们发现，一些音乐现象和作品，是可以用数学来解释的，比如音阶的七个音，天然可以用离散傅立叶级数来表达；许多计算音乐领域内的论文，直接涉及音乐分析，比如一些音乐中能量和情感爆发的状态，在数学上也能够观察和预测，并体现数学意义。尤其是21世纪，用傅立叶分析来研究音乐的方向相当红火，并非危言耸听，作曲家真的可以从空间、几何等方面认知吸收一些灵感了。

幸好，科学能解构，能建构，能分解，能模拟，人世却是动态的，算法之网恢恢，人尚有逃逸的空间。傅立叶变换并未将声音尤其是音乐的秘密一网打尽。人脑仍然会给声音施加生理和文化的影响，比如对音乐会"脑补"出一些并不存在的频率，有时人耳感觉最舒服的未必是数学预测最完美的等，更不要提倾听习惯软化困难的力量。尤其是，数学细节之美，尚未普遍内化为大脑的快乐，远古大脑们仍然津津有味地拥抱故事、图像、旋律等感性的幸福，科学苦口婆心也未必能说服我们。科学在进步，AI在扩张，我们不断发现自己可以控制和模拟的事物，同时也不断发现新死角，两者竞赛，即便前者胜券在握，后者只剩被围剿的命运，人类的"龟爬"尚有时日残喘吧。

参考文献：

1. *Joseph Fourier: The Man and the Physicist*, by John Herivel, Oxford University Press, 1975.
2. *Measured Tones: The Interplay of Physics and Music*, by Ian Johnston, CRC Press, 2009.
3. *Music Through Fourier Space: Discrete Fourier Transform in Music Theory*, by Emmanuel Amiot, Springer, 2016.
4. *Music: A Mathematical Offering*, by David Benson, Cambridge University Press, 2013.
5. *Physics and Music: The Science of Musical Sound*, by Harvey E. White, Dover Publications, 2014.
6. 3Blue1Brown: But what is a Fourier series? https://www.youtube.com/watch?v=r6sGWTCMz2k.

牛顿的苦恼
—— 声与光的故事

——

一

牛顿一定不是个文艺青年，他说过诗歌是"狡黠的废话"（ingenious nonsense），还有一则轶事说他听歌剧从来坚持不到第三幕——第一幕还算津津有味，第二幕就忍无可忍，之后必然逃之夭夭。而当时有些地位、受过很好教育的人，常以听歌剧为荣。但牛顿毕竟在教授拉丁语的国王学校里学过"四艺"（Quadrivium），哪怕不欣赏音乐，却颇有分析的兴趣——对各种自然现象都不放过，创立了许多分支的牛顿，怎么能忽视声音的秘密呢？从毕达哥拉斯的时代起，音乐就是数学的一个分支，那时人们已经知晓音高和弦长的关系。二十出头的时候，牛顿写过一些关于音乐的笔记，他那时最感兴趣的是声、光、热之间的联系。

它们的传播方式、跟人感官作用的方式颇为契合，不是吗？说到声音和色彩，今人会想到"通感"（Synesthesia）。其实，通感的范围很广，除了声音和色彩，还有声音和空间、词汇和味觉、触觉和味觉等，它并非特殊人群的专利，而是弥漫在所有普通人的词语里。直到今天，还有人把教堂音乐称为"光之声"，从彩色玻璃透过的柔和光线，跟管风琴上波涛漫涌的音乐契合，空间感和声音完美相融，让人失去抵抗力。而热的传播，包括在皮肤上的扩散，看上去也有惊人的相似。

作为一个基督徒、"炼金狂人"和数学家，牛顿相信数字的神启，比如他认定大六度是一个特殊的音程，因为弦长比是3∶5，也就是说，假如C音的弦长为5，C音上方大六度的弦长就是3。牛顿把3和5牵强地平方、立方好几遭，希望大六度最终抵达一种间接的八度关系，或称为"隐蔽的八度"。为什么要拼命应用平方和立方？那个年代，开普勒第三定律已经被接受，也就是说绕同一中心天体的所有行星的轨道的半长轴的立方（a^3）跟它的公转周期的平方（T^2）的比值是常数，所以牛顿愿意相信，天体和音乐，会有类似的联系。不过，最后牛顿自己也有点尴尬，在《光学讲座》（*Optical Lectures*，1670—1672）中承认这种类比进行不下去了——"事实可能跟我想象的不一样"。

10年以后（1670年左右），30来岁的牛顿已经在剑桥大学教书，重点是光学。在未来的几十年里，牛顿对光学做出了巨大贡献，对声音的研究则几乎戛然而止。

而涉及光、观看、颜色等经验，大家都听说过基本的"七色"说，所谓红、橙、黄、绿、蓝、靛、紫，这是牛顿提出来的，他用棱镜把白光分成若干颜色。其实他自己也承认光谱并不容易分成七份，但"七"这个数字太诱人了，尤其是，音阶有七个音，上帝怎么可能不以七种颜色为本呢？牛顿最后以多利安音阶为本，"创造"出"深紫"色也就是靛（indigo），并且根据多利安音阶中的半音，把橘黄和深紫插在"半音"的位置。他还认为深紫和猩红既然颇为相似，大约就类似声音之间的八度关系。而既然声音如果高八度的话，弦长减半，那么光谱也会有类似的周期规律吧？

牛顿当时的影响遍及欧洲。哲学家伏尔泰很崇敬牛顿，也很关心科学的发展，写了《牛顿哲学原理》（*éléments de la philosophie de Newton*）一书，意在总结和推广牛顿的发明，也提到了"七音"和"七色"的对应。因为这景象实在是"美得不忍直视"。

只是它在科学上并不成立。优雅的归一观念，有时把人引向伟大的发现（上帝怎么可能掷骰子呢？），有时则把人引入歧途——后者未必是坏事，错误的想法坍塌之后，留出的空间可能引出新的脉络，生长出新的方向，虽然对科学家本人的虚名有些残酷，无论是那个犯错的权威还是打算拨乱反正的后辈，甚至可以是暂时的"双输"。

二

一百多年以后，热爱音乐的瑞士数学家欧拉从牛顿停止的地方又开始了探索。时间线拉回到公元前600年，大约是出于偶然的历史原因，毕达哥拉斯的发现给音乐定下数学的调子，而在欧拉的时代（18世纪），音乐已经成为跟绘画、文学类似的艺术，不再跟数学紧密相连，人们也不再认定音乐带来的快乐和感伤来自什么数字关系。但热爱音乐的欧拉并不甘心，他认为人对音乐的情绪反应一定是可以量化的，数学和音乐，一定有着本质的联系，问题是怎么找到它。同时代的数学家都不支持欧拉，音乐家更不接受，他成了一个独行者。《音乐与现代科学的形成》的作者也够损，指出欧拉笔记中给出的谱例一点也不灵光，和声进行还闹出了平行八度。当然，这并不影响欧拉对音乐的热情和在数学中的探求。

而当时著名的、对音乐有着理论思考的法国音乐家拉莫跟欧拉一直保持着通信——有趣的是，拉莫是一个音乐家中的"科学家"，自称是"Cartesian"（即笛卡儿的追随者），在格物致知的时代风气之下，渴望他的音乐理论获得科学上的佐证，可惜同样失败。在他眼里如金科玉律的和声功能，在科学家（当时叫自然哲学家）眼中根本不算定律，他还饱受嘲笑。

今人都知道作为作曲家的拉莫写了许多美妙的羽管键琴组曲和歌剧，但不一定都记得拉莫是启蒙运动之子，当时甚至有人把他称为"艺术家中的牛顿"。他写了本重要的著作《和声学》（*Traite de l'harmonie*），在序言中他这样写道："音乐是一门应有明确法则的艺术。这些法则必须来自清晰的准则，而这些法则只有数学才能解释。我学会这些法则是因为在音乐中浸淫太久，但我必须承认，只有在数学的辅助下，我的音乐想法才会变得清晰，我以前感觉模糊的地方好像被光照亮了。"那么，拉莫的作品是不是真的都能用数学清晰地解释呢？首先，他自己的一些数学描述，就包含着不少错误。在后人眼里，确实有一部分拉莫的作品是"清晰"的——但我们也可称之为死板，也有相当的作品，并未传达出他声称的准则。其实，理论家拉莫和音乐家拉莫一直有着痛苦的冲突。终其一生，他都想用合适的数学方法来推演出小三和弦，但音乐的本能又让他感到小三和弦本来就是音乐的一部分。如何令弦长比例（他相信只有数字很小的比例才会产生和谐）跟和弦的和谐程度产生对应，他为此愁肠百结，希望数字规律和音乐效果最终殊途同归。总的来说，欧拉和拉莫惺惺相惜（欧拉但凡在文章中提到"现代作曲家"，常常就是指拉莫），同时又互不买账。

欧拉对"比例和情绪"的量化关系的探索，也不断碰到南墙，他几次放下了这个话题，但又不断回归。年轻时候，他一度相信"对数学的敏感度决定人感知快乐和忧伤的核心能力"，还画出图表，给出公式，计算"和谐度"。

后来，欧拉投入对光学的研究和介绍中。此时，牛顿关于"白光是多色光的复合"的结论已经被吸收，欧拉就开始思考，是不是多个音符同时作响的和弦也会像光那样混合呢？他不同意牛顿的"颗粒说"，极力支持"波动说"，此时是1740年左右，距出现可靠的实验证据还有半个多世纪。光与声的联系一直是他最感兴趣的课题之一，他很自然地想到，颜色也会有音乐中的"泛音"。这一切都无法提供任何科学和逻辑的证明，都来自他对"对称"的信念，可是这信念太诱人了，不是吗？

然而未来将证明，欧拉是对的，光也有"和声"，也有"泛音"，只不过它们超出了人眼的感知范围。光与声都是波，任何一个音符都伴随着泛音，任何一束光也是多种频谱的复合，仅就波动的本质而言并无不同，但人类感官范围的区别更为根本：人耳的感知范围恰能捕捉丰富的泛音，而人眼的工作机理不一样。欧拉时代虽然没有足够的仪器来测量，但他发现了牛顿的错误（把某些频谱比例误算出 $2：1$ 关系），也推测出肉眼的局限——不是光波跟声波的差异，而是人眼看不到某些"光"，这才是"光声联系"无法推进的瓶颈，这已经是天才的灵感了。

而不可见光，直到1800年才由天文学家赫歇尔发现。巧的是，赫歇尔也曾是职业音乐家，写过交响曲，当过管风琴师，还能拉小提琴。他对科学一直也有兴趣，偶然读到一本讲述声音原理的书，颇有灵光一闪的激励，继而学习光学，然后又从学徒开始，亲手制造天文望远镜。

赫歇尔对不可见光的揭示，让人类在突破感官牢笼的路上又迈了一大步，许多谜语豁然开朗。实验看似简单，基本由棱镜和温度计操作，人们可以看到在棱镜分出的可见光范围之外，比如红色之上，温度计的上升显示了能量的存在，原来这里藏着暗黑之光。本来，人类的视觉跟其他动物相比非常敏锐，这一点就占尽了进化的先机，即便如此，不突破生理牢笼中的认知局限，人类就不会拥有如此宽广的世界，远至星球，近至其他动物和人体的秘密。天佑人类，视觉是最重要的感官之一，因为光的特质，人类最终做到了对影像的放大。那些靠嗅觉打天下的动物，恐怕就不能行至千里之远了吧？

现在让我们看看可见光的频谱范围。虽然没有绝对严格的界限，一般来说，是从400纳米（约为紫色）到750纳米（约为红色）。这样说来这两端都不足以形成两倍的关系，那么我们是看不到光的"八度"了——读者一定记得八度之差的两个音弦长比是2：1，也就意味着人类感受不到光线像音乐那种周期性。而声波与光波相比，巨大而缓慢——人类能感知的声波波长在大约17毫米到17米之间，这中间有宽广的倍数可能，所以人类才有那么丰富的音乐。而可见光虽然范围狭窄，对动物意义上的人类似乎也足够了，因为大气层会把大部分紫外线滤掉。

当然我们也都知道颜色虽然来自红绿蓝的搭配，结果可以无穷无尽，哪怕可见光的范围在光谱中只占微不足道的一窄条，人也可在这个范围内变出无数花样娱乐自己（声音频谱也一样，音阶也未必都由七个音组成，这都是文化而非自然的产物），电脑技术更创造出无数新颜色，进而产生了跟颜色相伴的词语和包裹它们的文化。

三

好，上面说过可见光的两端都没有形成2倍的关系，但各种颜色之间还是有一定的波长比。在音乐上，2：3就可以形成和谐的五度了，那么颜色就算没有八度，"五度"还算可能吧？

事实上，我们可以轻易在视觉世界中用到"和谐"一词，那么这种跟声音类似的感受在日常生活中是存在的，至少在文化中呼之欲出。只是声音中的和声很难对应"红绿蓝"三原色相混形成的颜色，因为不像耳朵那样能告诉大脑，某和弦的构成是什么，人眼并不知晓黄色是"天然纯色"还是红绿相调和的结果，何况配方并不唯一。如果大致比拟一下，音乐中的和声，在光的世界中大致相当于色彩的搭配。而语言中跟视觉相关的"和谐"，也往往是"搭配"，也就是多种颜色的并置效果，而非某一种作为混合结果的颜色。而这个搭配或者说把视野内物体进行分组，也有跟调性类似的中心和主次之别。从古到今，颜色搭配、服装和居室设计等都不是小事，花样无穷并且绑定了文化和时尚，这差不多可以类比音乐中的"配器学"了。

这里要提到18世纪另一位著名科学家，托马斯·杨（Thomas Young，1773—1829），后人称之为"世界上最后一个无所不知的人"，一个从物理、数学、医学、音乐到埃及象形文字都有贡献的全才[1]，堪比达·芬奇。杨从小就被认为是真正的神童，据说4岁就通读了两遍圣经，之后学会很多种语言，还把一部分莎士比亚翻成希腊文。十几岁的时候，有一次在书店里迷上一本昂贵的古典书籍，店主逗他说："小子，如果你能把其中一页翻成英语，我就送给你。"杨二话不说坐下来，顺顺当当翻译完。店主老老实实，并且心如刀割地，把书送给了他。

杨从小生活优越顺遂，但家里是贵格教背景，平常身

1　杨对解读古埃及罗塞塔石碑有重要贡献，并为《大英百科全书》贡献许多相关词条。

穿黑衣，处处卓尔不群，朴素低调。他遵从许多贵格教徒的道路学了医，后来继承了叔叔的一大笔遗产，可以有充裕时间考虑自己要做的事。此时，他跳舞骑马皆精，性情也不错，广交朋友，认识很多当时的文化名人，也就顺便在他人的转述中留下不少轶事。

杨的时代，解剖尸体已是医学生的必需，而伦敦的尸体来源不多，主要就是上吊自杀者和墓地的尸体。当时著名的医生都被人指控四处盗尸，墓地的尸体常常被挖掘一空。就在这样的条件下，19岁的杨靠解剖牛眼，发表了关于人眼观看不同距离物体时，靠晶体周边的肌肉[2]自动调整其弧度的论文。凭这篇论文，他当选为皇家学会会员，年仅21岁。之后，他独立研究人眼的结构，首度发现人眼工作机理和近视、远视的原因。此时，他已经从剑桥大学毕业。而当年因为选择了剑桥大学，他不得不放弃了贵格信仰（当时英国大学只允许圣公会教徒获得毕业证书）。另一个方面，杨喜欢音乐舞蹈，也要进剧场看戏，这些享乐都是贵格教会所排斥的。他跟他们渐行渐远。

在这些爱好中，杨自称没有音乐才能，自传中还提到

2　睫状肌，而当时杨误以为是晶状体内部的肌肉。

朋友都说他没有音乐耳朵，不过仍然兴致勃勃地学吹长笛。他也认定音乐能揭示科学，1800年他27岁的时候，发表了《关于音乐》一文，谈起音乐，从莫扎特到匡茨无所不知，却跟当时浪漫派诗人们对音乐的感性理解背道而驰。

杨和伽利略一样，从管风琴的管子开始，从前人止步的地方继续"光与声"的探索。为什么历史上管风琴的音管总被科学家当作实验品呢？因为它自己就能吹出固定音高的声音，圆柱或锥形的几何性质相对简单，没有长笛那种复杂的孔洞，适合研究。他还吹、吸各种直径的烟斗来模拟空气在音管中的振动——在学校里，偶尔来访的同学回忆起来都说："杨似乎很少读书，总是悠闲地吸烟斗。"除此之外，他还用过当时很新潮的钢琴探寻过声波的形态。杨还格外喜欢在水边观察波浪的运动，最终竟然在研究潮汐规律上也有成就。他深信声音是波（此时人们已经了解一部分声音的波动特性），设想过如果两个人在台上拉琴，下边会感受到音乐的拍音（beat），因为两种波的互相干涉（加强和减弱）。自然，现在我们知道这个道理没错，但两个或多个并不严格同步的声源，并不容易干干净净地展示有规律的干涉（现代人完全可以用两个扬声器做到），这在后人了解到的光学上表现也一样，而杨名垂青史的"双缝干涉"，正是为克服这个困难而设计。

而涉及眼睛的观看，在这个时代，基本色的理论已经被普遍接受，只是到了18世纪，七色已经缩减为三原色：红、绿、蓝[3]。不过谁都不能解释，三色是怎么产生当时所知的一百多种颜色的呢？

因为杨已经对眼睛的机理有了很细致的研究，他制作了各种半圆状容器来模仿眼睛，还冒险用自己的眼睛做实验，观察运动的效果。他认为之所以有三原色，是因为视网膜对这几种波长分别有着特别的接收器，三个接收器会同时"兴奋"，但它们的接收范围并不是干干净净分开，而是有着重合覆盖区，所以三色能混合出多种颜色。也正因为如此，人眼对可见光的感知，永远是"颜色"而非"波长"，因为我们的眼睛总会同时接受三种并且混合起来。

杨的时代，接收器的真实面目——视网膜上的视锥细胞尚未被发现，对三种接收器的功能也没有细致的量化。而这视锥细胞，人和绝大多数哺乳动物有三种，分别有红敏色素、蓝敏色素和绿敏色素，而直到20世纪，人们才搞清楚这一点。所以，颜色其实是人的眼和脑（也包括大量哺

3　也有红黄蓝一说。从绘画角度来说，因颜料之故，红黄蓝被视为三原色。

乳动物的）外加自然界中的波长的合作产物。颜色和声音，都是自然现象和人造的混合体；对之的指称和量度，比如音高和颜色，则完全是人造的——读者一定记得本文开头牛顿的"作弊"！

当时，颜色、波长和光的构成，尚无定论。牛顿生前一直坚持光由颗粒构成，同时代的荷兰人惠更斯最早提出波动说，但遭到牛顿无情打压。其实，牛顿并没有看上去那么坚决，他对颗粒说是有怀疑的，经常遭遇自圆其说的困境，也并没有试图掩盖自己的不确定，他只是无法接受波动说，因为哪怕那个著名的、显示光波互相干扰的牛顿环[4]，也并没有干干净净地分出各种波长，那么光怎么可能是波呢？其原因我们现在已经知道了，人眼是看不见"波长"的，只有看得见颜色。而牛顿其人虽然心胸不大，恨不得把所有对手都"扼杀在摇篮中"，又为署名问题动辄跟人"撕逼大战"，但对科学本身，还相当谦卑和诚实。受当时技术条件所限，牛顿犯过错误，但仍然给后人留下了启发。

到了杨这里，他已经非常相信光的波动说，现在只需一个实验来证明了。1804年，杨描述了自己的设计，这就是

---

4 以牛顿命名的牛顿环，其实是同时代的，牛顿的对手胡克（Robert Hooke，1635—1703）设计的。

几十年后才名声大振的"双缝干涉实验"。对于两个稳定、相同的光源的问题，他这么解决的：让一束阳光通过一个窄缝，让这样一个稳定的光源再通过两个距离很近的狭缝。一束光变成两束，投射在墙上的影像不是两个亮点，也不是两条长纹，而是强弱相间的许多条纹，这样，光的波动性质就一目了然。

其实他当年从研究音乐开始，就设计了各种实验，逐步才找到最优解。杨展示了光的波动性，但"波粒"之争并没有结束，反而引发了电磁学上更广泛的讨论，直到爱因斯坦这里，"波粒二相"之说才似乎找到一个完美的结局。而颗粒说也好，波动说也好，从牛顿到杨，都相信光是在介质"以太"中传播，原来全都搞错。人们渐渐又发现，各种传递能量的波（包括声波），都有"波粒二相"。20世纪，物理学已经大步发展，而波的主题并未泯灭。

发表双缝干涉的文章的时候，杨的主业还是医生，在妻子的全力支持下，历尽艰辛才通过选举，拿到一个医院里的职位，此时他30多岁。事业成功，婚姻幸福，杨似乎是人生赢家，但其实没那么简单。他的物理研究当时并未被接受，还遭受到一些尖酸的攻击（《爱丁堡评论》上发表了好几次匿名评论），后来人们"人肉"出那个批评者，原来是一个与杨有私怨的家伙，他还当众说过杨看似无所不通，其实都是半瓶醋。结果，这样的评论写进了历史，至今仍会被引用。连杨这样春风得意的人也会为流言所伤，后来他在医学之外发表的文章都是匿名的。在物理上，他的双缝干涉实验并没有得到足够的理解，光的波动说也没有马上翻身，这一切都需要时间。连上文提到的同时代的天文学家赫歇尔，在论文中也没有提到极为相关的，杨的发现。不过，赫歇尔仍然是最早承认杨的贡献的重要科学家，这已经是多年以后了。

直到今天，我们这个世界也不大记得和感激通才。幸好，杨除了一个"光波干涉"被实验，还有一个材料力学中的概念"弹性模量"以他命名。对杨的评价，历史上反反复复，直到2002年，还有人在讨论他的贡献到底有多大。但对杨的涉足之广，一直没什么好争论的。除了物理、医药、数学、古典学、语言学等领域和上文提到对波动说的重要推动，他在音乐上还贡献了两种独特的调律法，基本思想跟很多历史上的律制类似，尽量让那些常用的调，有最完美的大三度或者纯五度，并且整理出历史上多种律制的异同。

有人说，杨超过他的时代太多，无人能懂。也有人说，杨的数学能力不足，故一些研究不够彻底[5]。他对光和声的联系过于沉迷，因为深信光波必然具有声波的各种性质，犯过错误，同样陷入无法自圆其说的苦恼。成也萧何，败也萧何。

从牛顿、欧拉到托马斯·杨，这幅"光与声"的拼图已经完成了相当的部分（后验地看，他们都在"信念"的带领下有过著名的成就和著名的缺陷），再后来的亥姆霍兹，又给这幅拼图填满了一大块，却因撕裂成见而放出来更多的可能——在贪婪求知的人类这里，拼图不会圆满，而求知也会带来求利、求享受和生活的扩展。声、光的秘密被揭穿一部分之后，人就有了操纵感官的声学、音响设备和滤光眼镜，有了让人眼、人脑乐不可支的3D电影。贪婪的求知又引向神经科学的大发展。

从"拼图"的顺序来看，《音乐和现代科学的形成》一书的作者佩西克认为音乐往往可以带领科学，音乐经验启发科学家在已知的边界上游走，不时有新发现，"不过讽刺的是，最后常常是数学描述埋葬了音乐的痕迹"。这很好理解。音乐启发了科学的视角，但科学并不会向音乐之美的

5　仅靠实验演示是不够的。后来在另一位科学家Augustin-Jean Fresnel的共同努力下，光学理论才慢慢成熟和透彻。

方向发展，而那个启发的线索，只有科学史作者才关心了。

我手边还有本写于几十年前的书——《艺术与物理》，作者是位成就很高的外科手术医生，因为业余喜欢物理、艺术和历史写下了这本畅销书。虽然在考证方面有些粗糙，作者还是有不少有趣的观点，比如科学是沉浸在文化中的，艺术家（所指多为画家）常常在科学家之前，不是用语言而是用想象中的图景设计了未来，而这未来最终"碰巧"被科学变成现实。他举了成对的例子，典型的如"立体主义和空间"。虽然爱因斯坦、毕加索、塞尚等人并没有跨界到对面的领域（爱因斯坦对当代艺术一脸不以为然），很可能从未耳闻对方的成就，但在文化、时代这个惯性系里体现了碰撞。"文学，音乐和美术都参与了物理学家的世界图景革命。"

而这种参与方式，不一定平行，不一定线性，而是来来回回，有进有退，有时井喷，有时哑然。常常，科学的设想早已悬挂在那里，却要等若干年技术的发展才能证实，证伪亦然；艺术则同样要等来支持它的人群。光与声的关系，也是一个横贯历史几百年的文化主题，与其说是科学天才的敏锐捕捉，不如说是人类对所见所识的好奇与执着。通感也好，语言和感觉的模糊性造成的"穿越"也好，自能上天入地，思维已经如同脱缰的野马，"裸眼""裸耳"仍行之不远。以世界之复杂，在感官的有限性面前也会被简化。感官是保护我们的壁垒吗，还是上帝曾经的防线？

参考文献：

1. *Music and the Making of Modern Science*, by Peter Pesic, MIT Press, 2014.
2. *Compositional Theory in the Eighteenth Century*, by Joel Lester, Harvard University Press, 1992.
3. *Rameau and Musical Thought in the Enlightenment*, by Thomas Christensen, Cambridge University Press, 2004.
4. *The Last Man Who Knew Everything*, by Andrew Robinson, Pi Press, 2006.
5. *Art & Physics: Parallel Visions in Space, Time, and Light*, by Leonard Shlain, William Morrow Paperbacks, 2007.

一点五维的巴赫

—— 巴赫与数字的猜想

一

　　1979年，一本叫作 *GEB*（*Gödel, Escher, Bach: An Eternal Golden Braid*，中译《哥德尔，艾舍尔，巴赫：集异璧之大成》）的奇书横空出世。作者侯世达自己说，"它并非意在讨论数学、音乐和艺术的关系"，"而是指出无意义的元素中怎样在自指和各种形式化规则（formal rules）中获得意义"。书中举了大量例子，比如任意的字符串如何在规则下形成语言，从无意义到有意义；阿基里斯和乌龟如何在悖论中缠绕；巴赫音乐在自指和递归中抽茧剥丝，在赋格进行中完成调性大循环，等等。

　　但本书还是不可避免地被当成讨论"艺术和科学的普遍形式和体系"之作。受它的影响，对巴赫与数学的讨论一时颇为兴盛，其中最时髦的话题之一就是"巴赫与分形"。

谢尔平斯基三角

分形（fractal）这个概念，由科学家曼德博（Benoit B. Mandelbrot）创立于1975年，主要用于研究粗糙、不规则的几何形状，比如海岸线。近年来，它的应用遍及生物、地震预测、图像处理等领域。其中从视觉上更吸引普通人的一类，是"自相似"的分形，也就是不断按比例缩小下去仍然类似全体的一个门类。因为它的直观、有趣和丰富的隐喻性，吸引了许多领域的人。演奏巴赫出名的美国钢琴家图蕾克对此就很有兴趣，她喜欢探寻巴赫和科学的联系，跟生物学家古尔德、物理学家彭罗斯以及创立"分形"概念的曼德博都有合作，可谓音乐家中的神奇跨界者。

在这里，只举一个分形维（dimension）计算的小小例子。平常说到维度，一般都是一维、二维、三维等，是分形的概念引入了一种新概念下的度量。比如常见的分形谢尔平斯基三角，维度值就是按比例缩小出来的小三角，需要按比例扩大"多少次"才能填充原先的大三角。假设三角形的高是L，质量是M，在它里面挖去一个形状相同的小三角形，其高是（1/2）L，质量是（1/3）M。

如果规定D是每次变化后与变化前的比例，也就是原来的质量M经过了一些变化，变成（1/3）M，那么D是多少呢？

（1/2）^{D} M =（1/3）M

D的求法就是，$\text{Log}^2 3 \approx 1.585$

这就是维度值，它的结果告诉我们，这个谢尔平斯基三角是1.585维的分形结构。

而这种非整数倍放大的自相似，在生活和艺术中总会引起人们的兴趣。比如在复调音乐中，有时把主题（通常几小节长）放在不同的声部中叠奏（stretto），这样主题既错开又彼此呼应；有些时候，某个声部把主题拉长或者缩短，音乐的形态有些新意却仍不陌生。这都是古已有之的写法，巴赫将之发挥到极致。有人把巴赫的《赋格的艺术》中的第七赋格（全曲共十四个赋格、四个卡农）按旋律线做成这样的图，展示巴赫音乐不同旋律线的重叠进行，粗线是主题，细的横线是主题外的音。

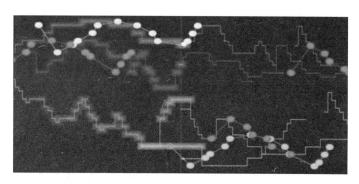

图片来自https://www.youtube.com/watch?v=V5tUM5aLHPA

　　其中每个圆点是主题的一个音，而横线是主题之外的音，不同长度代表不同时值。这样一来，不同颜色的主题按不同的时值进行（跟前文提到的三角形一样，按比例放缩），有时候，不同声部之间就体现这种主题的比例，各种形态的主题平行行驶，有时相遇，最终交汇于静止，仿佛是一种抽象意义上的谢尔平斯基三角。

几十年过去后，或许大家感到巴赫和分形的联系，以及广义上巴赫和数学的联系已经被挖到了尽头，类似话题的论文和研究大为减少。毕竟，有着分形特质的音乐很多，人随时可以写出比巴赫更有结构的音乐，但这不能表明它们是伟大的音乐。有个名叫哈兰·布拉泽斯（Harlan Brothers）的美国数学家兼吉他手穷尽十年时间追索各种"分形音乐"，他认为巴赫的《勃兰登堡协奏曲》第一首以及大提琴无伴奏组曲第三首都有典型的分形。他自己也写了一些"分形音乐"，简直走火入魔。可是，音乐毕竟是音乐，它不可能拥有无穷的结构，更不可能像真正的分形那样，无穷放大之后仍然见微知著。一味追求音乐和科学的对应的研究者，有时会受不了诱惑，索性让算法和公式来解释甚至创造音乐。上文提到的音乐家图蕾克，跟人就有过一些论争，虽然她对"音乐与分形"的话题很感兴趣，但不会接受巴赫的套路能被公式一网打尽。

不过，我认为赋格和卡农这类古老的形式，迟早有一天会与某种数学分支有所遇合，这是宿命。因为它发轫于"自相似"，以一个执着的主题牵引出无穷变体，并且高度程式化。这个主题正是*GEB*中那类"无意义"的元素，它几乎可以是任意的四小节，巴赫只是让它显得中性，有时是一个和弦中的几个音，易于跟自己的变身仍然凑成和弦。如此这般，并不稀奇。但巴赫在这个门类中累积极多，整体性、合理性无人能出其右；数学也好，科学也好，总是始于最基本的结构，以简单的数学表达囊括无穷的现象。发轫于极简的东西相遇并有审视之眼存在，大概率会互相启发。火花闪过，短暂的交汇过后它们仍会分手。

二

巴赫的音乐和数学的联系或许有限，但它跟"数字"的联系，仍然被人无尽地挖掘。最早，是神学家和音乐学家斯门德（Friedrich Smend, 1893—1980）提出来从数字入手巴赫研究，他认为巴赫的数字都有神学隐喻云云。比如多年来研究者都有这样的共识：1、2、3之和与它们的乘积都是6（所谓完全数），所以这三个数字是最完美的。不仅巴赫，不少同时代作曲家也写六首一组的套曲。此外，巴赫的许多作品都有这样的调性变化：B-A-C；还有14（BACH=14）、41（J.S.Bach=41）等。这些"关键词"在巴赫作品中不断出现。而数字和文化的"密码"，并非巴赫独创——古巴比伦、古希腊到后来的犹太文化中，都有一种古老的传统"Gematria"（希伯来语），就是这样的数字隐语或者密码传统。

近年来，瑞典学者塔特罗（Ruth Tatlow）在《巴赫的数字：写作中采用的比例及其意义》（*Bach's Numbers：Compositional Proportion and Significance*）一书对巴赫"数字神学"的研究到了无以复加的程度。在此之前她已经写过一本《巴赫和有序字母之谜》（*Bach and the Riddle of the Number Alphabet*）。

塔特罗对巴赫音乐长度的观察很独特，她也关注"数字隐喻"，但她的重点是"比例"，不仅包括作品内部的比例，还包括了作品集的整体长度，比如她指出《b小调弥撒》的长度是1 400小节，《复活节清唱剧》和《升天清唱剧》（*Easter Oratorio & Ascension Oratorio*）在不执行重复的情况下也是1 400小节。《马太受难乐》是2 800小节；大型作品的小节数，都是10或100的倍数。这些小节数，有可能是巴赫写作的时候计划的，也可能是抄谱的时候根据谱面定制的。休斯敦的巴赫协会有个"巴赫笔记"系列播客，其中一集访谈了塔特罗。她说写这本书的初衷正是为驳斥巴赫研究中的"数字迷信"，想证明这些跟数字相关的结论都是巧合下的故作文章而已。不过在这个过程中，她发现了这些大作长度的内在比例以及正正好好的小节数，等等。这可能都是巧合吗？于是初衷大改，居然从证伪变成求证！只是，出发点跟前人有些不同。

对后代研究者来说，发现了研究对象中可以形成理论的金矿，并用数据去证明它，这诱惑很难抗拒，而"主题先行"、扭曲数据的诱惑也很大。塔特罗说自己一切从巴赫原稿出发，细读到极致。比如巴赫自己有时也在乐章结尾（比如《勃兰登堡协奏曲》第四首）标上小节数（说明他也是数过了），也会因为重复的标记（da capo）造成小节数的不确定。但总的来说，巴赫实在太喜欢10的倍数了，例子很多，其中一个稍特别的是，十二平均律、创意曲的总小节数是3 120，键盘练习第一部、第二部加在一起也是3 120。还有14这个数，b小调弥撒是1 400小节，《马太受难乐》是2 800小节。注意塔特罗解释的还不仅仅是某一部作品之内的结构，而往往是系列作品或者曲集的长度总和。这算不算走火入魔？我想读者会见仁见智。

从作曲的角度讲，同时保持音乐的艺术完美和数字完美很难，那么巴赫会以辞害意吗？或者说，在不同需求面前如何取舍？塔特罗的研究指出，会的。巴赫有时会做一些看上去无关紧要的改动，而原稿几乎已经完美了。在BWV 1006第三乐章"加沃特"，巴赫在开头用了反复记号而不是把最后八小节写出来——如果写出来的话，那么这段总数就是100小节而不是92小节，但是92小节才正好凑成2 400这个巴赫喜欢的数。

塔特罗虽然做了无数的"数小节"的工作，但她一再强调，巴赫想要的是比例，而不是数字；除此之外，巴赫非常在意作品中各个部分的内在联系和整体性。所以她给巴赫的这类用意，取了个名字"proportional parallelism"，指的是巴赫在不同层面上体现的"平行"的隐喻性。这个比例，有时是指一部作品中各个"板块"的长度比例，有时是大型作品的总长，多数时候，是指一部作品中可以分成明显的两部分，它们的长度比。巴赫喜欢1∶1、1∶2、2∶3等简单比例，这不难理解，除了1∶1的对称性，1∶2、2∶3也对应于从毕达哥拉斯时代就开始有的、对简单与和谐的相信。

后来，塔特罗将研究扩展至其他作曲家，比如巴赫众粉丝中最知名的一位——肖邦。她先是发现巴赫的平均律第二集的前十首《前奏曲》中，前五首和后五首有相同的小节数，又发现肖邦的二十四首前奏曲也染上了巴赫的"数字病"。

不过有趣的是，肖邦在第二四首末尾（大约是故意）加了几小节，于是跟巴赫亦步亦趋的对称被破坏了。

说到数字、数学的起源，记得有人说数学是根植于人类本能的东西。或许，与数学相关的美感也是如此。但人在遭遇艺术的时候，大约并不会直接去感受复杂的数字，只会呼应简单的比例，在时间和空间的艺术中都如此，除非经过特定的训练。数字的"完整性"，在巴赫作品中俯拾皆是，但恐怕只有读谱并且细数的人才能感知，除此之外顶多感到段落之间的短长。对多数人的感觉来说，数字是一种"难溶物质"，很难转化为听觉上的美感。然而，几百年前的建筑家同样相信"上帝视角"，相信人所看不见、听不见的东西，对上帝仍然可感[1]。今人在巴赫盘根错节的音乐面前惊叹，恐怕不容易想到在赋格的规则、听觉的美感之外，巴赫还自设了那么多屏障和捆绑，他在这些羁绊

1　2020年4月，塔特罗在瑞典科学院的一次讲座中再次谈到这个话题，标题就叫"数字和信仰"。

之中，仍能杀出血路。那些难溶物质被不断地舔舐之后，会软化成肉体的一部分吗？而假如巴赫没有这些"数字神学"的设定，他的作品又会是什么样的呢？会更张狂、更丰富吗？

三

美国音乐学家伯格（Karol Berger）的《巴赫之环，莫扎特之箭》（*Bach's Cycle, Mozart's Arrow*）一书说的不是巴赫的"另一种可能性"，而是不同时代中人对时间的感知方式。伯格认为，在欧洲文化中，18世纪后半叶之后，音乐中的时间才真正成为事件线索的重要元素。

众所周知，音乐本身是有周期性的（比如音阶），它天然地需要结构，需要折返。而伯格的重点在于，因为时代和文化的不同，巴赫的音乐经常呈现出封闭的结构，它指向开端，指向自己，它常常是完美的循环——周而复始，万物皆有定时；而莫扎特的音乐结构已经是离弦之箭，分别、不对称已经成为主导。他列举了莫扎特钢琴协奏曲K491、歌剧《唐璜》等例子。西方音乐史上，更为明显的"离弦之箭"是贝多芬，他撕碎了圆满的结构，让音乐发生了就不再回转。伯格也在本书中讨论了贝多芬，但他认为真正的端倪在莫扎特这里，莫扎特的音乐，已然是现代音乐。

伯格指出，巴赫的《马太受难乐》中无处不在的"返始咏叹调"（da capo aria）让结构成为环形。"没有一种时间如同上帝的时间"（There Is No Time Like God's Time）这一章，说的就是这部受难乐既有线性的叙事结构，又有停止在瞬间的全面视角——时间在此凝固，世界在此放大。在这里，词作者皮坎得是有自己的长度规划的，包括跟圣经相关的数字隐喻；巴赫更在乎自己的计划，尤其是音乐的长度比例，所以没有完全遵循皮坎得。

塔特罗的研究，在我读来还有些"不明觉厉"，不知道巴赫的用意跟音乐成果有没有确定的联系。对照伯格的意图和塔特罗的意图，我才有几分明白，甚至感到他们在此形成有趣的对位——一面观测巴赫音乐的"运动"，它的"速率""方向""角度"，一面是巴赫的"距离"，用数字衡量的巴赫的布局。上面说过《马太受难乐》总长 2 800 小节（注：这是 1727 年版；1724 年版是 2 400 小节），包括反复和 da capo——而 da capo 这个手段，巴赫实在太得心应手了，它如同变速箱一般，让巴赫能"凑"出各种自己想要的循环和数字比例。而事实也并非只有"凑"那么简单，巴赫把材料准备得紧密充分，一环咬一环，看上去竟是哪句都少不得，因为到处都有呼应，积木抽不掉。所以如今网上有那么多人绘出彩色的巴赫动图，它们并不是随机的万花筒图案。高手如巴赫，就算暗地里只想凑个数字，随意弄弄，都让形式凸显出必要性。只是，伯格认为巴赫并不关注音乐构架的线性时间顺序，他恨不得让所有事件同时发生，透明地折叠，或者索性让"过去"和"现在"一起铺天盖地地涌来。这在《马太受难乐》中体现尤甚，视角忽远忽近，一会是耶稣身边的犹太人（歌词中以"锡安的女儿"暗指），一会又是"今人"，环环相扣对答，没什么正经的叙事性，听者还真不容易清清楚楚地追随。在巴赫的大型作品（不仅是这部受难乐）中，环状结构无处不在，大循环、微循环、对称、并置比比皆是，串起它们的主要是场景的变化，并要依赖听者对事件的熟知。

这样一来，巴赫无视事件发生的"大时间"，却对音乐进行的"小时间"也就是从段落到整体的小节数精细切割，各个段落运动活跃，转调大胆，而它们常常又是可交换和颠倒的。可是如果换个角度看，这种切割时间，让诸事件平行穿透的手法，或许更现代，普鲁斯特的巨作都能顺利地呼应它。只是，巴赫的圣马太故事毕竟是文化的一部分，它被讲述了太多次，也循环了太多次。时间没有胜利也没有失败，它睡在记忆里。是不是这样，巴赫的音乐和普鲁斯特的《追忆似水年华》这类充满巨大空间和启示性的作品，都是一种古老的虚拟世界，需要受者用想象和回忆去构建。我们天然有这种3D能力，只是需要付出一些静静的思索才能看清晰，或者说，人脑可做，但不擅长。于是有当今的科技帮我们不费力地去3D地看世界。此看与彼看，各有代价。

而伯格所说的莫扎特的"不复返之利箭"，是时代使然。不过河西河东之后的20世纪，巴赫看似静止的音乐又回到时风，至少回到西方古典传统之下的时风中——可是我们的时代，不是不断摒弃死板的结构吗？不错，可是我猜所谓现代又是崇尚复杂的，越来越多的工具让人破解复杂，也让人欣赏复杂——而世界的狰狞真相，本来也需要复杂的艺术来映射。这个时代也有了越来越多的工具让时间静止、提速，甚至倒转。那么跟时间斗智的艺术，不会远离我们——网络游戏也好，电影也好，早让我们浸润在这样的文化之中。

四

《巴赫与机器》是管风琴家伊尔斯利（David Yearsley）的文集《巴赫以及对位的意义》（*Bach and the Meaning of Counterpoint*）中的一篇。

1747 年，法国哲学家拉·美特利（Julien Offray de La Mettrie，1709—1751）出版了轰动一时的《人是机器》（*L'Homme machine*），认为动物和人一样，都是机械装置，并没有"灵魂"这个东西。轩然大波之中，他从荷兰逃到弗雷德里克大帝的普鲁士。而就在 1746 年，一些有趣的新发明给拉·美特利的理论增加了佐证。德意志出现了能吹十几首长笛曲的机械小人和一只行动自如、会吃玉米粒的机械鸭子——鸭子能吃能拉，其"消化系统"据说也是最早的橡皮软管。这些都是法国发明家瓦克桑（Jacques de Vaucanson，1709—1782）的作品，他仔细研地究人体结构，以求理解肌肉运动——这就是他"造人"的基础。当时，弗雷德里克大帝喜欢音乐，会吹长笛，他的御用长笛老师正是当代最杰出的长笛演奏家之一匡茨。"长笛机器人"甫一问世，匡茨老师被惊到了，他说："无论这些机械多么精巧，它们还是不可能打动人。不过，如果人觉得自己比机器高明，并且能打动人，演奏技巧千万不能亚于它们。"可见机器人还是威胁到大师的存在感了。

当时的莱比锡有一位波兰裔的医生，米兹勒（Lorenz Christoph Mizler，1711—1778），此人对音乐、数学都有贡献，做过巴赫的学生，还创立了一个大名鼎鼎的音乐协会。在瓦克桑发明"长笛机器人"的时候，米兹勒设计出一种能给音乐自动配低音的装置。因为是用算法产生和弦，它甚至发展到能写对位了，"而且迷人程度不亚于C. P. E. 巴赫（巴赫的儿子）"。既然如此，用机器生产音乐越来越可行并且好玩，很多能工巧匠兼业余乐手都开始施展身手。当时许多知识分子都在热烈争论"灵魂与机器"的问题。

说到巴赫的"机械性"，说起来大概要让许多巴赫迷恼火，包括我在内。谁也不愿承认巴赫的艺术是冰冷的公式凑出来的——而如果公式化、机械化是指空洞的程序化赋格，那么巴赫的许多同时代人，包括老师、学生，甚至如名家布克斯特胡德，远比巴赫机械得多。可是，巴赫的音乐，让人很难忽视它跟"机械"的联系。在许许多多的对位作品中，《赋格的艺术》也好，《音乐的奉献》也好，恒河沙数的管风琴作品也好，赋格主题好像只需"第一推动"，然后就自动前行，不再需要干预，它们各自羽翼丰满，鬼魅一般彼此穿越。我自己在熟悉《赋格的艺术》的过程中，起先深为主题自身的孤迥之气所感，但一个个赋格、卡农听下去，直到相邻两段互为倒影的主题，就不断感叹它太"自动"、太圆熟，虽然有趣并好听，但因过于智性，离普通人的情绪有着遥远的距离。而稍稍通读《赋格的艺术》乐谱，即便不是研究者，都会注意到X小节一段的定式在卡农、对位中频频出现。比如几首对称精准、听起来又仙气袅袅的卡农。不仅主题的出现有准确的间隔，连何时出现汗漫的半音阶都有时钟般的步伐——钟点、齿轮、咬合、倍数，这不都是分形的巴赫、平行的巴赫以及机器的巴赫吗？

伊尔斯利认为，巴赫是在自然的表达和"公式"之间的沟壑里探索。他或许对名噪一时的瓦克桑并未表达意见甚至并不知晓，但他近于机器般严密的卡农，也可视为18世纪文化中对"机器艺术家"的回应。晚期所写《赋格的艺术》就是提交给音乐学会的作品，而这正是米兹勒创办的音乐协会。这个年代中的音乐批评，已经有了如此发达的科学和理论。

另外，今人用AI来作曲，据说巴赫的音乐是比较容易模仿出来的，做得好的，几可乱真。我对此并不惊讶，并且相信大多数巴洛克的音乐，都可以在一定程度上由AI创作出来，因样式明显、特定语汇突出、程式化极高，巴赫也同样，一些典型的样式，比如键盘作品中大量的八分音符琶音、一些赋格的答题，等等，几乎在哪首曲子中都能见到一二——何况，赋格看上去太容易用算法生成了。但计算机写得出能和《歌德堡变奏曲》比肩（但完全不同）的巨作吗？

可是GEB的作者侯世达，似乎在支持巴赫的"机械性"——无生命的关联和隐喻，只要有一套形式规则支持它们，就可涌现出语言、生命、认知与智能。细思恐极？

当年，巴赫在生命的末期，并不一定预知死亡，但因为其最后的作品如《赋格的艺术》太过奇诡，又有最后一个对位未完的浪漫传说，它注定有许多种叙述方式。伊尔斯利在逐一讨论其中几首卡农之后，认为巴赫终结于出乎预料的无我、他我。它已经独立于作曲家的存在了，它存在于自指和自我繁衍中，它像永动机，更如同一场模拟。伊尔斯利此书成于2002年，还显得颇为大胆。如今，网络上这类问题已经铺天盖地：我们的世界是不是一场模拟？而YouTube上那些烟花般绚丽而对称的卡农动图背后，又是谁在拈花微笑。

五

当年，巴赫健康每况愈下之际，自己也知道需要节省精力，但仍然在斤斤计较作品的"比例完美""数字哲学"。即便在生命的最后十年中，他仍然对这种看不见、听不见的完美孜孜以求，这在其两部晚期大型作品《音乐的奉献》和《赋格的艺术》中都体现了出来。这仍然是塔特罗的研究指出的。《赋格的艺术》未完，但仍大致体现了 1 : 2 的比例——前八个赋格总长 790 小节，之后的部分是 1 580[2]。

只是，巴赫密集的心意从音乐辐射出去，又有几许能抵达这空疏世界的远方？

不敢说自己是接受《马太受难乐》那样大作的"天线"，只能说我一直是巴赫赋格身体力行的粉丝。曾经，《赋格的艺术》给我听觉上的冲击极大，主题一出来，有种太空般的寂静与苍凉，然而仅仅倾听已经是过去式，过去感官所触及的新奇、留下的热情狂想，渐渐被技术问题埋葬。现在我被主题打动的时候不那么多了，取而代之的是小心

---

2 塔特罗依据研究"脑补"了未写出的 41 小节，但数字无疑是接近的。

翼翼地在谱上画句子。主题从开头轮流进来的时候尚可清晰感知，之后越埋越深，甚至混搭在不同的声部中，别说一般人根本听不出来，就是看谱也未必一下子能看清，但弹琴的人必须一个个揪出来并且心如明镜（我称之为抓特务）。弹赋格还有这样的难处：分句方式可以有多种，但你一旦确立自己的选择，就算许下心愿、绑上贼船，无论用哪只手还是脚，都必须严守最初的承诺，处处践行一致的分句方式（天知道有时候会别扭成什么样），才算是达到赋格的基本要求。对演奏者来说，主题散掉，丢了头尾，被周围声部淹死，都是常见事故。演奏者对待这种赋格，按说把句子咬清楚是基本要求，但做起来很难不说，也并不讨好，因为在听者那里得不到什么呼应，这不是激情表达、灵感涌现，而仅仅是维护赋格的"尊严"，让作曲家本人在场听了不会勃然大怒。

此外，自己上手之前，还无知无畏地相信《赋格的艺术》应该在羽管键琴上弹"这种话——大概最早是莱恩哈特大师说的，结论不一定错但需要高度的上下文界定。等到自己开始弄，才发现在什么琴上弹并不要紧，反正单件乐器最终会让听者迷路。这音乐不是给人"听"的，它是供人弹奏、阅读、交流用的。你可以把声部做成彩色的动图，也可以用好几件乐器来放大它，让摩擦成一堆的声部拉开距离，从不透明但有花纹的石头变成水晶。你也可以把它切成无数小段当作标本来学习。总之，我们普通人没有上帝的视角，不能瞬间穿透它，就只能线性地、在时间之中用各个方式分别打开。最终，各个侧面融会贯通，同时降临，像《马太受难乐》那样一口气泰山压顶，那时候或许好意思回头想想它"究竟属于什么乐器"。

至于音谜、字谜呢，我只感念巴赫和那个时代的"相信"。谜语可以留给上帝，多少代人无知无觉，无从勘破，信徒还是带着相信而死。

《赋格的艺术》有数个版本。在巴赫死后（1751年）的版本中，那神秘的最后四个音B-A-C-H之后附了一首未完的管风琴众赞歌BWV 668，它是《十八首莱比锡众赞歌》的一部分，不少学者相信这才是巴赫的真正临终之作。《十八首莱比锡众赞歌》中的前十五首是巴赫自己收集的，塔特罗指出它们的总长为1 200小节，这是他在晚年不断修改编订的结果。而最后三首是学生兼女婿的Johann Altnickol后来所抄入，终于打破了巴赫计划得好好的总小节数和长度比例。而伊尔斯利把这首题为《我来到主的宝座前》的BWV 668称为巴赫的"死亡的艺术"，更有意味的是，*GEB*的作者侯世达称巴赫未完之赋格[3]，好比哥德尔不完备定理中的悖论（尤其在系统包含自指的时候）："我不能被这个系统所证明。"虽是典型的一厢情愿，毕竟也不远于巴赫留下的执念：循环往复，终有一结。

参考文献：

1. *Bach's Numbers：Compositional Proportion and Significance*，by Ruth Tatlow，Cambridge Press，2016.
2. *Bach's Cycle，Mozart's Arrow An Essay on the Origins of Musical Modernity*，by Karol Berger，Univerisyt of California Press，2007.
3. *Bach and the Meanings of Counterpoint*，by David Yearsley，Cambridge University Press，2002.

3　此处特指《赋格的艺术》中B-A-C-H音符含巴赫名字的"自指"。

巴赫家族的繁盛音乐时代

—— 他的妻子和三个音乐家儿子

长 子 的 故 事

"这才是我心爱的儿子。"巴赫不止一次这么夸长子弗雷德曼。要知道巴赫对儿子们嘴上刻薄，很少表扬。弗雷德曼（Wilhelm Friedemann Bach，1710—1784），巴赫跟第一任妻子玛丽亚生下的长子，自小就显出音乐家的潜能，看上去是最能成器的一个。

少年时代，父亲为了教他，给他写了《法国组曲》、两部《创意曲》及著名的管风琴三重奏鸣曲等，后来编成一册《为弗雷德曼所作的键盘小曲集》。当时的音乐教育都是演奏和作曲一起学，所以曲集中也有弗雷德曼的习作。16岁的时候，弗雷德曼只身离家去学小提琴，老师是格劳恩（Johann Gottlieb Graun），一位传世的小提琴作曲家。到了

18岁，他一边继续学音乐，也进了莱比锡大学读法律，后来居然对数学着了迷，而且从未放弃，做了一个安安静静的数学爱好者。而老巴赫自己没受过多少学校教育的遗憾，也在儿子身上获得了补偿。至于他对数学的喜好，跟音乐有关系吗？可能有，比如他曾经写了本音乐理论书（可惜未获足够赞助而出版，后来散失），研究者舒伦伯格（David Schulenberg）推测可能其中有不少算术式子。

成年以后，弗雷德曼在德累斯顿的圣索菲亚大教堂获得第一份管风琴师的工作，并娶妻生子。三十余年里，经历了"七年战争"，生活坎坷。经济困顿之际，他不仅卖掉了一些老巴赫的手稿，还以老父之名卖了一些自己的作品，害得后人为老巴赫的赝作争吵不休。1762年，弗雷德曼50多岁的时候，不知为何拒绝了一份光鲜的工作，后来又辞去了手上的哈勒大教堂的职位，之后失业七年。不过较新的研究表明他那些年并没闲着，而是到处打工，比如去俄国给贵族演出。回到德意志之后，他在60多岁的年纪，仍然能公开演出管风琴。不过，当时的音乐家到了这个年纪，一般早已功成名就，在一个固定的教堂职位上终老，哪有几人靠流浪打工生存。其实，弗雷德曼何尝不想申请到一个宫廷职位，但从年轻时候开始就失败了无数次。从历史中的蛛丝马迹看，他跟弟弟伊曼纽尔都属情商欠奉之人，也不枉为老巴赫之子。

弗雷德曼的生活，在公众话语中是个谜团。他有过很多计划和尝试，都不成功，比如晚年开始写歌剧，无疾而终。有研究者说他太渴望自己的作品完全原创、独一无二，又追求完美，导致潜力并未全部发挥，至少比不上伊曼纽尔。至于作为巴赫长子留下的期望落差，更难以尽述。19世纪，以他为主人公的小说《弗雷德曼·巴赫》（作者Albert Emil Brachvogel是个德国人）成了畅销书，后来又拍成电影，讲的就是一个伟大音乐家的天才儿子如何令人失望的故事。虽然跟史实关系不大，但可见伤仲永的浪漫套路总是激起公众的巨大反响。其实，历史上才能不错而机遇一般的音乐家何其多哉，也许并没有"为什么"，倒是对那些天时地利居然占全，幸运成功的人，人们应该去索问"怎么可能"。

终其一生，弗雷德曼的主要名气是管风琴大师，也跟父亲一样，特别擅长即兴。或许正因如此，留下的作品相对较少，尤其在管风琴方面，居然没留下任何确定有脚键盘的作品，其中F 32还特别指定是"无脚键盘的赋格曲"（除此之外，巴赫几个儿子都没有留下有影响的管风琴作品）。

在脚键盘部分是炫技大师必选项的时代里，这一点略略成谜，有待研究。而在数量不多、范围较窄的传世之作中，他的键盘作品是主体（尤其是奏鸣曲、幻想曲、波罗奈兹、协奏曲等），音乐和技术上都难，仅就最表面的元素而言，双手交叉、大跳等花哨的表演遍布各种作品，连斯卡拉蒂都未必在他之上，在这一点上更是远超老巴赫了。

至于双手摆位的别扭，在他的作品中就更普遍。用现在的话说，"有才"的人就是任性，演奏者的双手被驱赶着满键盘边跳边跑，其"键盘体育"在音乐上未必都有用。当然，欧洲人在键盘上的狂纵不止于此，弗雷德曼只是个历史上的小小驿站。

从风格来看，他的乐句结构很少有对称的样式，看上去随意松散，演奏者要弄明白，不仅需要从全局寻找线索，也需要把若干作品参照来看——从这一点来看，老巴赫就太有逻辑，也太易读了，大部分作品都可以独立地看明白。比如对位作品，虽然弗雷德曼从未远离对位，但他留下的纯粹赋格并不多，从赋格的要求来说，也不够严密，尤难在严密和音乐性之间兼顾，虽然他特别喜欢写主题的模仿，好像各种形式的乐思都以模仿动机为开端，这一点遍布他的各种体裁，往往是"几小节一格"的步伐。也有时候，新动机连续镶嵌，好像杂技演员同时扔几个球，尽力获得平衡。这一点，音乐学家特拉斯金在《牛津音乐史》中以奏鸣曲（F 6）为例，数清了若干动机并置的结构，比喻它好像是花园边小心的绕行，而在我读来，更像是一个搭出来的平地花坛。至于从对位本身来说，研究者说，他有时因为实在找不到好的紧密连接各个声部的理想答案，索性把赋格简化了，不过从乐思来说，他的赋格倒是极尽浪漫曲折之能事，符点密布，节奏复杂，在这点上比老巴赫的法国组曲更甚。就拿"无脚键盘的赋格曲"（F 32）来说，这一组八首，相对比较容易在钢琴上弹，也许是因为跟老巴赫有一定联系，而既然老巴赫的作品（合适或不合适地）被广泛钢琴化，F 32好像也无不可了。

话说弗雷德曼的十二首波罗奈兹舞曲，粗听只觉骨骼奇崛，细看如太湖石，精致剔透，从哪个方向都可以琢磨出洞天。这组曲子可以跟幻想曲一起，代表他的键盘风格。一般来说，18世纪的波罗奈兹，基本可以用"小步舞曲"去理解，篇幅也短，有的只有两行长，跟肖邦的波罗奈兹尚为两个概念。弗雷德曼的音乐似乎在跳舞，却又故意笨重，故意失衡，摇头晃脑故意掉落一地珍珠，质地松松紧紧，谁都不知道下面埋藏着什么，大概现有的记谱法根本不足以记录他的狂想。

弗雷德曼的风格跟老爸并不是一路。他的敏感细腻，据研究者认为可能是当时的柏林宫廷风格，但那份嚣张应该是自身的神采，一种没什么根源和师从的爆发。他的小宇宙里不时充满小叛逆、小邪念，有时会自相矛盾难以捏合和解决……天才自得其乐，苦了企图复制音乐的人。可能因为太难，他在键盘音乐方面生前只出版了两首奏鸣曲。前面说过，他的大跳、交叉等特点，"浪"起来跟斯卡拉蒂类似，但他又不像斯卡拉蒂那样规整对称，有时会处处凹凸不平，不太有道理——毕竟是个即兴大师，不过从另一方面看，在当时的音乐风气里，大概老巴赫的严谨计划、滴水不漏才是另类，别人略有松弛、白日梦吃都很常见。本来，弗雷德曼的大部分键盘音乐很难消化到钢琴曲库，可也挡不住一些不要命的"铁粉"。年轻的俄国人特里福诺夫（Daniil Trifonov）就录了一首弗雷德曼的波罗奈兹第八首，简直是重写了曲子，把弗雷德曼嵌到肖邦的模具里，勾画出一幅不一样的和声图景，也生生创造了一个平行世界。我读谱子差点没认出来，可是，我读过不少关于弗雷德曼的学术著作，而无论什么研究和传记，都不如特里福诺夫演奏的这一首带给我的弗雷德曼真实动人，也让我如晤老友。我随意翻开肖邦的几首玛祖卡，果然神似。但特里福诺夫也只录过这一首，"文章本天成，妙手偶得之"，再得则如登天。

录过全套波罗奈兹的不多，希尔（Robert Hill）在早期钢琴上做到了。十二首波罗奈兹，十二个小小谜题。我每每看着这几页谱子，坐在琴跟前遐想，感觉弗雷德曼想对世界说的话都在这里。

上文提到，弗雷德曼十几岁的时候拜格劳恩学小提琴。从目前整理的作品看，他并未留下完全为小提琴所写的作品，但他短期学习小提琴的成果还是反映在交响曲和键盘协奏曲中的提琴部分了。弦乐作品中，比较有名的包括一个g小调管弦乐序曲，先前归为老巴赫的BWV 1070。还有一首名为"不和谐"（Dissonant）的F 67（《F大调为弦乐作的交响曲》）演奏难度极高，小提琴部分可以算是那个时代的帕格尼尼。名为"不和谐"，其实它最吓人的地方是调性和节奏的猛烈变化，这简直是弗雷德曼的"狂人日记"。

跟老巴赫一样，弗雷德曼的音乐涉及很多体裁，重奏、交响曲（实际上是重奏）、协奏曲等，每一类都敢铤而走险、标新立异，而后人对它们的解读也必然是重读那个时代曲式传统的过程。其中的三重奏不少，还比较中规中矩，对弗雷德曼的个性来说，相当收敛了。不过有两组很奇特的二重奏，都写于他的成熟期，一是长笛二重奏（F 54—F 59），一是中提琴二重奏（F 60—F 62），从体裁上就很罕见。试想两支长笛毫无伴奏（或者说弗雷德曼能写得足够丰富，无需伴奏），能在模仿、追逐等手段中连续长达一个多小时的六首作品的吹奏！要知道，这个时期的长笛音乐虽然很多，但基本都是和其他乐器的重奏，以键盘加低音为多，一动（长笛）一静（键盘低音），均衡悦耳，两者各有无穷空间，匡茨和老巴赫就是典型。有人生怕弗雷德曼这组作品对比不足，用一支长笛、一支双簧管来吹，在我看来真没有必要；至于有人硬要点金成铁，给它增加键盘低音，则更可怕。其实只要你听一部分，就难免会想到老巴赫的"大无伴奏"，是无比耐读的素人音乐。其中第五、第六首技术难度极高，也不是长笛惯用的手法。至于中提琴二重奏，乍一听，更是闷得近于枯寂。可以想象，一个多么自我的作曲者，才有勇气这样自我折磨！而他还有另一部《为两部羽管键琴所作的二重奏》（F 10），就不太有趣，因为过度依赖两架乐器之间的模仿，乐思不时停滞。

作为一个身负期许的巴赫长子，弗雷德曼再如何独立，在他人眼中仍然也难免"自带光环"，可惜轶事留存太少，但有几件值得说说。无论老巴赫大名鼎鼎的《哥德堡变奏曲》是否真由哥德堡（Johann Goldberg，1727—1756）而来，这位"题主"哥德堡自己就是个不错的音乐家，是老巴赫的学生，也跟随年轻的弗雷德曼学习过——要知道心高气傲的弗雷德曼很少收学生。此外，老巴赫太偏爱弗雷德曼，亲手帮他申请了德累斯顿第一份教堂管风琴师的工作，还在申请信上模仿儿子笔迹签了名！当时大部分人申请工作时要弹自己的作品，而弗雷德曼弹的是父亲的作品。上文说过他卖了大量巴赫手稿，但那是60多岁以后，他移居柏林之后，手头拮据，据说还酗酒，不得已才出手的。但对巴赫手稿来说，却也恰逢其时——1774年正是巴赫开始有影响的时代，愿意收谱子的不乏其人。

弗雷德曼的一生在史料中进进出出，本来凑不成完整的故事，不料随岁月流逝，新研究新证据居然在20世纪涌现。自20世纪初，弗雷德曼的作品终于进入被编辑状态（编号都以编辑者的名字，法尔克的以F开头），并且，他的后代出现在美国。原来，1894年，弗雷德曼的第五代后人从乌克兰移居俄克拉荷马州，自此留居美国。

今天的古典音乐会和唱片上，大部分作曲家以姓氏出现在节目单里——莫扎特、贝多芬、瓦格纳、肖邦等——这些人可以被后代誉为"Last Name作曲家"了，而巴赫的儿子们显然挤不进这个小分队。"他的姓氏太伟大了，然而他的名字要经过巨大的努力才配得上。"一张弗雷德曼的CD说明书这样开头。其实这适用于巴赫所有的后人。

伊曼纽尔的前世今生

巴赫和第一任妻子玛丽所生的另一个儿子伊曼纽尔（Carl Philipp Emanuel Bach，1714—1788）是个真正的传世作曲家。6岁时丧母，他跟着父亲和兄长弗雷德曼，在继母安娜家生活到成年。后来，他跟弗雷德曼一样读完了大学，不过所学的法律并没派上用场，他继续当职业音乐家。他当时24岁，已经获得了推荐，在柏林的普鲁士宫廷，也就是未来的弗雷德里克大帝那里得到了工作机会。

在托马斯教堂任乐长的父亲老巴赫去世后，看似伊曼纽尔子承父职理所当然，其实并不。老巴赫跟教会关系不好（更荒谬的是身后被教会认定为"平庸"），伊曼纽尔觉得自己落后在起跑线，恐怕继承不到。若干年里，他断断续续申请过一些教堂职位，有时还跟弗雷德曼竞争同一个（发生过不止一次，结果是两人都没拿到），但最终并没有成为正式的教堂音乐指导。

可能算是因祸得福，他在柏林一住三十年，主要为普鲁士宫廷服务——雇主是长笛爱好者弗雷德里克大帝。伊曼纽尔按要求，每晚7点到9点"到岗"，为大帝排练私人音乐会或者弹伴奏。总之还是十分幸运：不用做教堂琐事，甚至也不是全职的宫廷音乐家，享有很多自由，所以能集中精力写自己的音乐。讽刺的是，他在宫廷里天天带人排练，演奏的却往往不是自己的作品，大多是匡茨的，也就是大帝的长笛老师的作品，他自己的作品则并不太受欢迎。但他除了写各种体裁的作品，也作为键盘炫技大师随时进行演奏，在宫廷里的器乐演奏者中收入最高。此时的柏林，音乐和文化发展很快，乐谱海量出版，别忘了这个时期包括"七年战争"。当然宫廷音乐也是鱼龙混杂的乱象，音乐会极多，不好好排练就仓促上演也是常事。这泥沙俱下的状态，从正面看也是一种生龙活虎，柏林音乐文化就如此成型。

伊曼纽尔也深受战争之苦，他曾经在俄军侵略柏林的时候逃往两百公里以外的学生家——此地是当时俄国叶卡捷琳娜二世的故乡，所以比较安全。战乱中的经历并没有留下多少日记和记录，在一个简约的音乐家生平里，我们只读到他此时开始写著名的《正确演奏键盘乐器的真正艺术》。出书并非偶然，伊曼纽尔一直喜欢写文章，并且兼做出版商，做自己的书。注意另一法国大师拉莫也写过几部关于和声的论著，伊曼纽尔一定知晓，但决定另辟蹊径——书中也多多少少流露出对"法国人"的不屑。而这个时代的欧洲音乐还没发展成理论、指南满天飞的状态，音乐都是用作品说话。不多的几本论著中，伊曼纽尔的这一部可以说是克莱门蒂等人教学的先驱，影响了很多代人，直到现代钢琴逐渐兴起。即便当年贝多芬教车尔尼，还提到"一定要让他按《正确演奏键盘乐器的真正艺术》学习"。他的指导并不限于如何弹奏，而有很大一部分是和声、乐理与演奏的结合，以及装饰音背后的道理，并收集了大量例子来佐证。这也是他在家族中的特别之处，他有那种伟大教师的理性和犀利的直觉，真心喜欢教学。

人生的最后十年，伊曼纽尔是在汉堡度过的。未能继承父职的他，此时居然成功继承了教父泰莱曼的汉堡教堂音乐指导之位，终于离开了宫廷——"柏林巴赫"变成"汉堡巴赫"。

伊曼纽尔活跃的创作期有五十多年，比老爸还长，键盘作品一直没断，包括大约四百多首奏鸣曲、幻想曲、赋格曲，还有八十多部协奏曲，键盘与弦乐或长笛合作的室内乐作品更是数不胜数，再加上不时需要改编礼拜音乐，所以后人要理清他的作曲，是巨大的挑战。后人的努力，形成两种作品系列号（Wq 和 H，后者较新），但编辑伊曼纽尔作品的工作，仍在进行中。跟弗雷德曼极度的自我相比，伊曼纽尔既然能弄出个钢琴产业链，玩转一个公司，自然就有大量比较水的作品——这一点，老巴赫和哥哥弗雷德曼宁死不为，伊曼纽尔倒不讳言，只有一小部分是纯粹为自己写的。有些作品，难听的概括是"鸡肋"，但今天学术界的资源几乎无穷，各种持续的研究也在不断更新对伊曼纽尔和那个时代的认识。

对了，伊曼纽尔还是有记载中较早提出"演奏和作曲要分别对待"的音乐家。这体现大势所趋也好，预示了后代音乐世界的乱象也好，总之可以算作历史上的一站。

至于老巴赫对儿子们的影响和压力，一言难尽。较深入的研究者都会提醒人不要把巴赫儿子当作巴赫的重复和附庸，原因显而易见。历史学家伯尼（Charles Burney）则说："他（伊曼纽尔）到底怎样形成自己的品位和风格，后人很难追踪。显然，不是从父亲那里继承的。"（*Present*

State of Music，1773）而伊曼纽尔呢，虽然跟老爸早已大相径庭，但还是自认为一个"真正的"巴赫儿子，对父亲声誉的捍卫、作品的整理不说，居然胆敢跟老爸一样，用了许多建立在"B-A-C-H"上的和声进行！如果硬要比较，弗雷德曼和伊曼纽尔虽然都经过大量的对位训练，但写的对位作品都没有老爸的味道，各声部都有点硬拗模仿之感，没有老巴赫那种规则之内的随心所欲。而老巴赫动辄就写大型宗教合唱，每礼拜的康塔塔"倚马可待"并充满传世杰作的本事，这些天才儿子谁也比不了，虽然这几兄弟各自都写了大量声乐作品——伊曼纽尔写的一些清唱剧，当时还是莫扎特指挥的。老巴赫的受难乐仅存三部，伊曼纽尔则写了二十一部，从而有了他名下的《马太受难乐》。他留下的复调声乐作品其实很多，不少都是近年才整理好，比如我最近买到的 *The Complete Works of C. P. E. Bach for vocal ensemble and basso continuo*（Gesualdo Consort Amsterdam），居然宣称是世界首演。在较好的作品中，他也没有老巴赫的整体性和精准的全局控制，这也许是缺点，也许只是"特点"。他和弗雷德曼都有段落中的闪光，总体则很难捏合得均一。有趣的是，许多研究者认为伊曼纽尔比老爸更像一个"博学的音乐家"，更有知识分子气。他阅读广泛，教养很好，跟狄德罗、莱辛

等文化名人有通信来往，也吸收了"狂飙突进"（Sturm und Drang）风潮。伊曼纽尔跟弗雷德曼一样，活到74岁，后验地看，伊曼纽尔充分舒展了自己的可能性。

在巴赫的儿子们当中，伊曼纽尔是最接近20世纪后欧洲主流曲库的作曲家，也因为近年研究的发展和钢琴家们的努力，他的作品和老巴赫一样被大量钢琴化，连典型的为羽管键琴所作的协奏曲，也在钢琴上演奏、录制。相当多的羽管键琴作品移植到钢琴，某些方面的技术难度都会加大，仅就精致的装饰音而言就很难，而羽管键琴擅长的跑句，在钢琴上完美执行则更难，还不要说风格"翻译"的恰当。而把大键琴、小键琴的作品移植到钢琴，固然很让人纠结，但作品能吸引钢琴家这么做，算不算那个时代键盘作曲家在当今获得的勋章？当然，目前没有在钢琴上尝试的作品很多，各有原因，未必是因为不好，可是，当代演奏家冒着挨骂的风险折腾到现代管弦乐团、现代钢琴上的大键琴协奏曲，要么是有些奇趣，非弹不可，要么是跟莫扎特以降的乐风别有联系，让今人容易接受，比如《D大调"钢琴"协奏曲》（Wq 23）。

2022年的范克莱本钢琴比赛上，俄国选手谢尔盖·塔宁（Sergey Tanin）就弹了伊曼纽尔的H 37。我孤陋寡闻，不记得在哪个著名钢琴比赛上听过伊曼纽尔，而这首曲子在恒河沙数般的伊曼纽尔作品中似乎也较少演奏。仔细听了一下，感觉它应该是在拨弦琴（clavichord）上演奏的，努力体现不同情绪和音量之下的对话感。是不是这个挑战特别吸引年轻钢琴家呢？在钢琴上弹这类作品，难如译诗。

最近加拿大—美国钢琴家阿姆朗（Marc-Andre Hamelin）出了两张伊曼纽尔的钢琴CD。在我的想象中，钢琴大师往往也是读谱大师，若有机会从某位多产的巴洛克大师作品中遴选，其过程本身就是个精彩的故事——法国钢琴家塔霍从斯卡拉蒂六百首中挑出几十首，阿姆朗则从更加芜杂，巍然十八卷的伊曼纽尔键盘奏鸣曲中挑出二十首，这个阅读的过程该有多少缠斗和思虑。

而作为消费者，我买了CD就用自以为最好玩的方式来听，目前就是看不同乐器怎样读谱。声响、音色和分句，在我眼里首先是一种"阅读术"，一个故事的不同讲法。就拿H 247来说，我仔细听了阿姆朗和其他羽管键琴的演奏，两者各有让我欣赏的地方，但在这一个点，我特别被钢琴的高亢震动，这种钢琴独有的"sonority"（宏亮度）未必在作曲家计划之中，但也会为那一瞬间的情绪炸裂而拍案吧。相比较而言，早期键盘乐器就显得安静而黯然了。

　　多年前，早期键盘专家肖恩海姆（Christine Schornsheim）录过一张伊曼纽尔的回旋曲和幻想曲集。这是伊曼纽尔特别偏爱的两种形式，大概能盛装风格多彩的乐思，不太受限，故十分过瘾。他的回旋曲和莫扎特、海顿的回旋曲非常不同，他的调性总是进入"远程漫游"模式，甚至看不到什么逻辑和预期。在唱片说明中，肖恩海姆认为他的几首圆舞曲（Wq 59/4，Wq 61/4）等有贝多芬的早期风格，而他的一些交响曲，更是正宗的"狂飙突进"味道，可以用海顿一些奇异、"混沌"的交响作品去比拟。而这种犹如恶龙盘旋的暗黑之风，在巴赫几个儿子的交响作品中都有体现。联想到伊曼纽尔的作品中一部分仍然充满古雅、匀称的小家碧玉气味，可以想象此人的精神维度，以及这个时代的文化中，惊人的可能性。

对比肖恩斯海姆在拨弦琴和阿姆朗在钢琴上的演奏，颇有惊悚的味道（夸张地说），因为各有各的险情。就拿那种密集微小的装饰音来说，即便有阿姆朗的超绝技术，泛音充裕的钢琴也会如同浸湿的翅膀，尤其是两手的声音互相浸湿。而遇到较长和快速的跑句，钢琴家很难不受到诱惑，分出层次和重点，弹出长的歌唱线条，勾勒出一个有轮廓有指向的和声画面，因为可以做到，虽然阿姆朗真是非常克制了。羽管键琴往往也尽力去做，效果很有限，就算做到了，音乐轮廓也充满"锯齿"，不像钢琴那样圆浑。我个人并不介意羽管键琴较"平"的效果——好像一群气泡般失重地飘浮，有时则好像突然让一大块阳光倾泻而入，而非渐渐拉开窗帘，这种块状的闪亮别有一种灿烂和天真。毕竟，在现代人耳朵里，渐强和各种波浪都没什么稀奇了。

据我观察，阿姆朗是个"唯音乐论者"（他说自己也没读过伊曼纽尔的著作），不太在乎历史和本真乐器，只从谱面读作品，好比那种坚持"作者已死"的读者。这是优点也好弱点也好，或者因为阿姆朗本人读谱能力极强，所以能享受这种奢侈，反正我相信，被阿姆朗看中的音乐作品，本身一定有趣，并且微言大义。对伊曼纽尔这种身披太多历史尘埃，被家门叙事涂抹得不成样子的音乐家，可以是一种解放。

而音乐是否要放到历史中读，我觉得仍然可以借鉴文学的读法：作者已死是一种读法，作者不死是另一种，两者共存最好。不同的作者跟时代的互动程度不同，作品也相应有不同的解读途径。我读早期音乐可容忍两种极端：从作曲家祖祖辈辈来找文献线索；干脆拆盲盒，连作曲家名字和生卒日期都不怎么管，只看谱面的指向。对早期音乐，诠释者可以将之现代化，只要对现成的思维定式别有太明显的违碍，躲开明显的陷阱——古装剧最好别掺杂网络成语，指挥莫扎特别让人想起拉赫玛尼诺夫。是否具有历史意义（historically informed），一币两面，虽然对立，但共同的基础是音乐逻辑。顺便说一下，阿姆朗的CD说明，是羽管键琴专家马汉·埃斯法哈尼（Mahan Esfahani）写的——两人差别巨大，但在一张CD上共存。正巧我也听过不少埃斯法哈尼的录音，包括跟阿姆朗相同的曲目。

关于录音，阿姆朗在访谈中被问到最喜欢哪首，他说是H 272，也就是一首叫作"Abschied von meinem Silbermannischen Claviere, in einem Rondo"（"Farewell to My Silbermannischen Clavier, in a Rondo"）的小曲，当时伊曼纽尔不得不把一台自己用了三十多年的心爱拨弦琴（clavichord）送人，以此曲送别，还告诉那个人这个曲子绝不可能在其他的琴上演奏。

伤感、凝重，大家都体会到了这种情绪，不过阿姆朗同时也对这种唯乐器论嗤之以鼻，哪怕来自忧伤的伊曼纽尔。对这个曲子他如此评论："延长休止（fermata）之后突然有一个E大调和弦，本来并不稀奇，因为它之前是b小调。但如果把那个休止用得恰当，之后仔细听这个和弦，我觉得这是这部作品中最有魔力的瞬间。"这个说法非常有趣。而我尚未充分体会，只觉得那个瞬间，好比一个泳者从水下冒头到空气中，突然有种明亮新鲜、氧气富足的感觉。而阿姆朗的话，我留作心头的一条笔记，看看日后自己会不会跟亲历音乐的大师共鸣。

下图是阿姆朗谈到的段落：

顺便说一下，我发现一个较类似的情形，在 H 300 中也出现了（也收在这套录音里）：

之后留意一下，发现在许多作品号中都有。那么，H 272 到底特殊在哪里？阿姆朗并未细说。我猜，也许是一个我没看懂的简单技术原因，并无玄机；也许真是偶然的个人感受，即便阿姆朗这样的技术控、反玄控，也有说不清楚的兴之所至。因为音乐中的人，可以遭遇个体记忆的爆发，也可以正好听见历史的宿命。

克里斯蒂安杂记

约翰·克里斯蒂安·巴赫（Johann Christian Bach,

1735—1782），是老巴赫和第二任妻子安娜的幼子。1750年老巴赫去世，克里斯蒂安只有15岁。他出生的时候，老爸已经五十岁，在莱比锡拥有一套舒适的住宅，在当时的教堂乐长里几乎是"天花板"，克里斯蒂安的童年就赶上了这样的岁月静好。不过当巴赫的儿子容易吗？有一次，小克里斯蒂安在键盘上随意即兴一曲，没走脑子，留着一个四六和弦悬而未决。老爸好像在睡觉，可是突然坐起来打了他一耳光，怒气冲冲地解决掉了那个和弦。

巴赫去世的时候，巴赫第一次婚姻中的长女多萝茜已经41岁，未婚，与继母同住。兄弟和继母历经半年多，把老巴赫的遗产分割完毕。年长20余岁的伊曼纽尔收留克里斯蒂安在自己柏林的家中，担起教养之责，而克里斯蒂安吃闲饭的时间也并不长了，很快开始帮助抄谱、作曲。

就这样在柏林度过四年之后，伊曼纽尔为他争取到贵族的资助，克里斯蒂安只身到米兰发展，成了巴赫家族中第一个踏上意大利土地的人。这个时期的欧洲音乐家，不论人是否处于意大利地区，很少有人不受意大利风格的影响，比如克里斯蒂安还在柏林的时候，就受到因为《魔鬼的颤音》被记住的塔蒂尼的影响。到了米兰，他更如海绵吸水，结识许多师友，写了大量教堂音乐、室内乐，还尝试了歌剧。当时的米兰，天主教势力极强，歧视新教徒，克里斯蒂安因此放弃路德宗，改宗了天主教，还给教堂写弥撒。要知道，16世纪的时候，身为面包匠的巴赫先人为信仰路德宗离开匈牙利，在德意志扎根下来。几代人过去，在一个彻底的路德宗家庭中，克里斯蒂安成了第一个"逆子"。而克里斯蒂安的书信中，大部分签名都是"G. C. Bach"，"Giovanni"是"Johann"的意大利语版。

改宗之后，他曾在意大利游学六年，最终却还是在新教的英国长留下来。

而从这个年代开始，欧洲的键盘音乐伴随着钢琴（fortepiano）制造业的兴起，悄悄发生巨变，当年跟巴赫合作的著名管风琴制造家齐尔伯曼家族，也开始制造钢琴，并且跟伊曼纽尔长期合作。克里斯蒂安也早已开始弹钢琴，但因为确实处在乐器过渡期，有可能一些作品是给"版本"稍稍不同的早期钢琴所写，这一点后代有不少研究和争论。在今人眼里，他的不少"钢琴"作品跟莫扎特时代的钢琴作品，基本可以用类似方式处理，甚至因为莫扎特对他作品的亲手改编，两人的风格有时到了"无缝衔接"的程度。

就在1764年，利奥波德拖着8岁的莫扎特到处寻觅作曲老师，在巴黎试了几位都不满意。年幼的莫扎特天才爆棚但尚未成形，还在寻找自己的路。一家人辗转到了伦敦，碰巧和近30岁的克里斯蒂安相识。在伦敦停留一年多的时间里，莫扎特就跟克里斯蒂安学了一年，这也是快乐的一年。直到1778年，父亲给沃尔夫冈的信中还在教育儿子："难道你认为这样的作品配不上你？你看巴赫在伦敦的时候除了这类小而轻松的音乐还出版过什么？轻快的音乐也可以很伟大，如果它以自然、流动和轻松的风格写就……巴赫因此降低身份了吗？没有。"

关于克里斯蒂安对莫扎特和时代的影响，本身就能写一本巨著。如今我看克里斯蒂安的乐谱，一方面处处如见莫扎特（比如奏鸣曲开头的"当当当"），钢琴协奏曲中的"歌剧咏叹调气质"等，但同时也惊叹莫扎特选择"没有学什么"。比如克里斯蒂安动不动出现两手八度齐奏跑动的段落，这在莫扎特，恐怕是唯恐避之不及。当时，莫扎特仰慕的人，还有一位克里斯蒂安的密友，阿贝尔（Carl Friedrich Abel，1723—1787，跟克里斯蒂安同样从米兰来到伦敦求发展，但来得更早），莫扎特的交响曲不仅学他，还有几首阿贝尔的作品被误编入莫扎特名下。

克里斯蒂安在伦敦实实在在地抵达事业巅峰，后来的影响直抵巴黎。公平地说，他的成功并非依靠祖荫，而是自己挣来的，因为老巴赫此时几乎被遗忘了，而伊曼纽尔的事业还没开始。老巴赫在世的话，也会认可克里斯蒂安的成就。而克里斯蒂安最特别的一点，就是跟老爸从内心生活到音乐，方方面面都分道扬镳，不仅如此，他连德语歌词都完全不用了，只用拉丁、法语、英语等，简直是跟故乡决裂——后代把他称为"真正的精神弑父者"。讽刺的是，克里斯蒂安当年跟意大利音乐家马蒂尼（Padre Martini）学习之后，终于甩掉了父亲的影响；而莫扎特来跟同一个马蒂尼学习，却在这里开始发现了老巴赫的音乐！大道多歧，莫过如此。

有趣的是，哥几个都喜欢用"B-A-C-H"这几个音来写曲子（要说巴赫这姓氏，真是太没旋律了，甚至自带点无调性潜质）。克莱斯蒂安给键盘写了这样一首（W. YA. 50）被后代"好事者"改编成管风琴，算是不多的、跟克里斯蒂安沾边的管风琴作品之一（笔者出于好奇学了这首曲子，并且在演奏会上弹过）。克里斯蒂安自己，仅仅在米兰当过几年米兰大教堂的管风琴师（在米兰，管风琴的重要程度远不如在德意志）。而后来克里斯蒂安在伦敦的发展，正是从他主动或被动辞去管风琴家职位开始的。兄弟几人几乎都摒弃了传统意义上的德意志管风琴风格，克里斯蒂安的键盘作品甚至连管风琴/钢琴通用都算不上。

（降）si—la—do—si[1]，多少巴赫假汝之名！

今人提克里斯蒂安，基本围绕在他的键盘作品。但当时对他更重要的，也是当时竞争最激烈的，是歌剧。他真正的歌剧生涯并非在意大利，而是从英国开始的，至于原因，说法很多，比如亨德尔去世之后，王室希望邀请一位"非意大利"的音乐家来宫廷等。对克里斯蒂安来说，正是"关上门但开了一扇窗"的机会。

几部歌剧在伦敦首演，皇室大悦，再加上七年战争结束（1763年），各种机会促成，他留在了伦敦做了乔治三世的夏洛蒂王后的音乐老师，成为著名的"伦敦巴赫"。伦敦本来并不时兴阉人歌手（如果有，也是舶来品，并且主要跟亨德尔联系在一起），不过此时，著名意大利传奇阉人歌手曼佐尼（Giovanni Manzuoli）正好来到伦敦，演了很多歌剧，包括克里斯蒂安的。曼佐尼长得不帅，据说技术也不细腻，但嗓音引爆了伦敦，莫扎特在声乐方面也向他请教，后来他还唱过莫扎特的歌剧。歌剧界本来就充满明争暗斗，曼佐利曾经发誓再也不唱克里斯蒂安写的任何东西，之后

---

1 德语中B为降si，H为还原si。

又和好。著名的英国"音乐日记家"伯尼（Charles Burney）就记录了很多这种零碎的八卦。克里斯蒂安跟这些阉人歌手们的交往，更是老巴赫的世界里没有的。

克里斯蒂安在伦敦的生活里还有一件大事。1774年开始，他和好友阿贝尔，跟一个著名舞者兼剧院经理、意大利人加里尼（John Gallini）在伦敦新建的汉诺威广场大厅中合作举办系列音乐会。加里尼除了音乐会，还运作歌剧和芭蕾演出，但他渐渐认为这些娱乐活动无需把音乐太当回事，社交才更重要，于是搞出一系列"绅士晚餐"，邀请当时最有影响的名流伉俪参加，活动以吃饭为主，之后跳舞，音乐则是大家一起唱唱颂歌，没有器乐。这样的活动自然很受欢迎，结果是克里斯蒂安的严肃音乐会被挤得迅速衰落，一年内收入就缩水成三分之一，阿贝尔也从"合伙人"中退出了。因为当时克里斯蒂安的收入不足以支持这些音乐会，必须依赖加里尼掏腰包，也只好随他去。这个活动在当时集中了最好的演奏者，每场都有交响曲和协奏曲，以及一些大家熟悉的歌剧旋律。克里斯蒂安去世后，系列音乐会彻底结束，加里尼则继续他欢乐而成功的运作，赚得盆丰钵满。算起来，汉诺威音乐会持续七年左右——如果算上之前在其他场所的巴赫-阿贝尔音乐会，总共持续了近二十年，它在历史上留下了一个当时"伦敦音乐表演最高殿堂"的印记。

在后人眼里，克里斯蒂安生前享尽荣华。确实，他在伦敦的歌剧舞台上曾经独占鳌头，并且红火了很多年。不过，他40多岁以后遭遇一些意外（比如被管家卷走不少钱），最后的时光十分寒凉，且债台高筑。他去世后，还是夏洛蒂王后伸出援手，帮遗孀（Cecilia Grassi，曾经的意大利女高音）支付了葬礼费用。然而，他身后一团乱麻的债务，让王后都吓了一跳，没再出手，遗孀遂抵押一切财产来还债。不过后来王后慷慨地拨给她一些费用，让她可以回意大利养老。

其实，中年之后诸事不顺，最重要的原因是歌剧不再受宠，或者说，在竞争中落败了。这已经是格鲁克的年代——《奥菲欧与尤丽狄茜》（*Orfeo ed Euridice*）的谱曲者，还有另一位当红法国歌剧大师皮契尼降临伦敦，本地观众眼界大开，克里斯蒂安开始品尝残酷的、被取代的滋味。他的最后一部法语歌剧《高卢的阿玛迪斯》（*Amadis de Gaule*, W. G 39），尽管如今听来十分迷人，但在当时，据说既不取悦格鲁克迷，也不取悦皮契尼迷，遂被两路粉丝摒弃。而老一辈的拉莫、吕利的支持者，更不会被争取过来。不过，皮契尼的命运也并没好多少，因为卷入了政治，生命中最后若干年全无收入，在历史上留下的痕迹也不深。不如这样说，歌剧的特质，让它和创作者的命运充满偶然，"流量密码"在历史上更无从谈起，又因为它携带太多的语言和文化信息，在历史上居然最容易陷入沉默。话如此说，我听过的三部克里斯蒂安歌剧，《安迪米恩》（*L'Endimione*，W.G 15），《高卢的阿玛迪斯》和《扎那伊达》（*Zanaïda*，W.G 5）都极好听，而我在IMSLP网站中的乐谱残稿中挣扎，期待有一天可以拿到完整的乐谱。

狄更斯在《双城记》开头有句流传千古的话："这是最好的时代，这是最坏的时代；这是智慧的时代，这是愚蠢的时代。"我总是怀疑这句话适用于人类历史上所有的时代，或者至少，一半的时代。整个地球上，无大骚乱的年代其实极少，只是这大变化发生在哪里，在历史上怎样谈论，能被归纳入什么体系，被什么价值观照亮，有一些不同。我们习惯了巴赫儿子所处的群雄时代，但老巴赫本人也经历了历史潮水，比如德意志的"狂飙突进"运动，一样是大变革。读音乐史，把变化的中心放在伊曼纽尔身上、克里斯蒂安身上或者老巴赫、莫扎特身上，都能画出对称的两端。

音乐有多种听法。你也可以不读音乐史,只听听克里斯蒂安那些动人的室内乐(比如那些四重奏、五重奏)。我相信在史料的喧嚣之外,总有一些音乐从各种叙事的缝隙里坠落,不沾文字,直触人心。

安娜·玛格达莱娜

现代的钢琴学习者大都弹过所谓"小巴赫",在中国俗称《巴赫初级钢琴曲集》,主要来自巴赫第二个妻子安娜(Anna Magdalena Bach,1701—1760)的笔记——*Notebook for Anna Magdalena Bach*,这部笔记简称AMB,这是安娜的名字缩写,也出现在笔记书页上。不管其中的小曲是否真正来自老巴赫,或许很多人跟我一样,温甜的童年记忆把每条旋律都标上颜色,储存在一个特别的脑区里,一旦调出来就有哗哗的记忆滚落。

音乐杂集AMB共两册,成于1722年和1725年,其中1722年卷是巴赫的作品杂集,数量不多,主要是《法国组曲》的一部分,以及一些管风琴作品等,有些只是片段。1725年卷则是一厚本,经后人整理是四十二首,如果今人录成唱片，会超过一个小时。其中有老巴赫之作（有的是康塔塔中的一段，也有键盘作品集的部分，如小步舞曲、波罗奈兹等，还有《哥德堡变奏曲》的主题），也包括其他作曲家的抄本，还有就是巴赫儿子们的习作和乐理练习。笔记中能有孩子们的习作留存，很不容易。那时纸墨金贵，老巴赫肯定不许随便浪费纸，也不许随便滴墨水，谁要把乐思写下来，很可能需要父母允许。而大名鼎鼎的笔记，不光在音乐史上，在文化史上也是彼时德意志音乐手艺人家教的标本。还有些因为历史原因可能混淆成巴赫作品的曲子，一般编写成 BWV Anh——那首弹钢琴的人都耳熟能详的《巴赫初级钢琴曲集》中的第一首《G 大调小步舞曲》，就疑似克利斯蒂安·佩措尔德（Christian Petzold）的作品。就这样，笔记偶然地提供了一个巴赫儿子们和老爸"同框"的机会。今人可能会觉得佩措尔德有点幸运，拿到了一个"传世"的名额，其实巴赫本来就从同时代人那里改编了不少东西，应该承认他人的贡献。

安娜年轻时，算得上收入不低的职业女高音。巴赫曾经亲自决定雇她为王储的音乐会演唱，几个月后，他带着四个孩子跟她结了婚，这在一个多子多夭的年代，大概并不少见。顺便说一下，婚前的 1721 年，她的年收入是巴赫的一半，相当不错，此时如果把她和巴赫的收入算在一起，就占到科恩宫廷音乐方面支出的四分之一了！结婚两年后（1723），王储利奥波德大婚，王后不喜音乐，所以当时科恩宫廷的音乐环境，在巴赫眼里是"不看好"，他带着全家离开科恩，搬到莱比锡，自此安娜不可能再有歌唱生涯。同时代的欧洲，只有法国的精英小圈子中的女性有些话语权和自由，其他文化中的女性，基本也还是相夫教子。所以，生于音乐家庭，从小学唱歌的安娜，总共只在20多岁的时候活跃了两年。不过，虽然没有多少公开演出，家务又无边无际，但弹琴唱歌从安娜的婚姻开始，就是家庭生活的一部分。改编、抄写巴赫作品自然也是日常，而且她碰巧会写一手漂亮的花体字，1722年卷的封面就有她的笔迹。她也偶有闲情侍弄花草，书信中还大谈自己的康乃馨。这应该是个忙碌而有爱的家庭，婚姻质量不低，读来让我偶尔想起出生于1775年的英国作家奥斯汀的女主人公们，一方面是"聪明美丽有个性的女子，嫁得宝藏男人"，另一方面，年轻人求偶时的经济考量被记录得繁复精准，务实到了极点。只是奥斯汀不大写婚后的拖儿带女。

安娜跟巴赫的第一个儿子戈特弗里德·海因里希·巴赫（Gottfried Heinrich Bach），不幸有智力缺陷，不能自理。然而令人吃惊的是，《笔记》中有一首他的小曲，BWV 515b，俗称《烟草康塔塔》——这怎么可能？这其实是一首歌曲，标题是"提升烟鬼的灵魂"，应为巴赫所写，但旋律是海因里希的。有史记载，他从小就跟伊曼纽尔等人一起学音乐的，颇有天分，可惜不得发展。海因里希就一直在安娜身边，活到她去世后三年。安娜共生了十三个孩子，1760年她去世的时候，只有六个在世。其时，"七年战争"尚未结束，安娜被下葬在一个随意的地方，连莱比锡历任音乐指导遗孀的待遇都没有。

无论生前丈夫如何风光，寡妇的日子都孤立而不好过，并且十分脆弱，不禁风浪。在当时的社会结构中，寡妇大约占据人口至少10%。而寡妇的存在，好比通奏低音（ostinato），"不可见但无处不在"。巴赫遗产分配尘埃落定之际，她的种种收入（遗产，教堂、城市付的巴赫退休金和一次性抚恤金等）凑到一起，仍然不多。各种史料提到前妻的几个儿子和安娜的关系，都说伊曼纽尔和弗雷德曼在巴赫去世后远走高飞，她艰难生存，他们都没有出手相帮。安娜最小的儿子克里斯蒂安曾经对此表示了愤怒，两个哥哥当年没少受继母照拂，此时竟如此凉薄。但事实的另一面是，安娜跟伊曼纽尔一直有联系，直到她去世。此后，伊曼纽尔拿到了笔记的1725年卷，悉心在所有安娜名字的简写（AMB）中间补上她名字的完整拼写。他一定希望安娜和父亲一样，清楚地留在历史上。

巴赫早期的传记，对安娜都只字未提。1894年，巴赫遗骨从莱比锡的教堂后院的墓中掘出时，人们发现近处还有另一具棺木，其中有一副小小的女人骨骼，不知为何，这副骨骼被轻易丢弃了。巧合的是，此时笔记却浮出水面，在这一年被莱比锡的巴赫协会（Bach Gesellschaft）正式出版，并且在音乐学界引起关注。

而安娜在历史上留下的痕迹总归太少，后人再发挥想象力，能写的也有限，除非写历史小说——确有这样几本小说问世，毕竟"巴赫爱妻"的主题有点诱人，二十个娃的大家庭也不可能编不出电视剧。20世纪早期，有部小说《安娜·玛格达莱娜·巴赫的编年史》红极一时，作者叫梅内尔（Esther Meynell），英国人。20世纪60年代，出现了一部同题的电影（导演声称除了标题，跟小说毫无关系），其实讲的主要是巴赫，安娜除了叙事，并没什么自己的声音。只有一个简略的段落，小女儿在旁边玩娃娃，安娜专心练琴，大概那就是笔记中专为她写的小曲。客气地说，电影诚实得枯燥（除了莱恩哈特演的巴赫太瘦太英俊），对巴赫生平是"不知为不知"的态度；不客气地说，人物干瘪得一直在念稿，连音乐表演都很无趣（毕竟是60年代，对巴赫音乐的演绎还有限）。有意思的是电影中安娜提到家族中一位表弟宣布"副教长死了，自杀"，这在20世纪德国作家 Kurt Arnold Findeisen 的故事中呈现的是，"萨克森的选帝侯夫人自杀了"。

关于安娜的文字历史不多，但《笔记》的音乐内容又可以无限地引申，因为它内容芜杂，充满偶然，却又包含许多种子，可以辐射到巴赫和儿子们的音乐、同时代的音乐。其中几乎没有什么小曲，在巴赫的音乐中找不到延展和对应。

比如其中的 BWV 508，主题来自同代作曲家戈特弗里德·海因里希·施特尔策尔（Gottfried Heinrich Stölzel），可以说是整本中最美的倾诉，也算是这个杂集中的代表作，如今已经有了女高音、男高音、管风琴的版本，配器也五花八门。上文提到的，德国作家 Kurt Arnold Findeisen 的故事中，安娜正在家里唱这个旋律，巴赫闯进来，告诉她"选帝侯夫人自杀"；而小说《安娜·玛格达莱娜·巴赫的编年史》也用了它，场合则是安娜本人唱起这个深情脉脉的主题的时候，激动难以自抑："你在我身旁，我可以快乐地离去……"另一部法国的有关一战的电影《圣诞快乐》（*Joyeux Noël*）中，一对夫妇告别的场景也用了它。爱，哀伤，告别、死亡……它皆可适用，只要现场略有温情。

美国康奈尔大学的管风琴家兼音乐学者伊尔斯利近年出版过一本《性，死亡和小步舞曲》（*Sex, Death and Minuets*），以安娜为主题，追寻着巴赫时代的"背面"，那些几乎不留痕迹的女性生活。巴赫的家庭就是这样一个缩影，男孩子但凡有点出息，都被老爸亲自指导，但，路德宗基本没有教女孩的传统，而且女人不能在教堂演唱，只能出现在家庭音乐活动中。安娜倒是在咖啡馆里唱过巴赫的世俗康塔塔（具体演唱了哪首，历史没有记载）。而这家莱比锡的咖啡馆"齐默尔咖啡屋"（Café Zimmermann）也不一般，在当时就是个小小的世俗音乐场所，如今有个法国早期音乐团索性"盗用"了这个名字。

伊尔斯利用很大的篇幅，写了著名的《咖啡康塔塔》之来龙去脉。它虽然并不在笔记之中，但在巴赫作品中较难得地记录了一些社会生活。对不写歌剧的巴赫来说，一些世俗康塔塔就可以算上微型喜歌剧了——"如果我一天不能喝三杯咖啡，我会变成一只山羊！""如果你不戒掉咖啡，就别想在婚礼上穿漂亮衣服！""好吧，我不喝咖啡，给我一个爱人!"巴赫跟女儿多萝西的关系,虽然没留下什么历史证据,但他或许跟别的父亲一样,最害怕的是女儿嫁不出去(《咖啡康塔塔》多少写出了这种父女对话)。算算年代,此时的多萝西已经26岁左右,仅比安娜年轻8岁。巴赫或许担心过,但她还是终身未婚,并且连安娜曾经的歌手闪光期都没有。遗孀安娜本人的生活已经足够艰辛,而跟她一起生活的多萝西如何度过余生(活到66岁),更难以想象,而她不过是无数孤女中的一个。可见奥斯汀笔下的女儿们对"嫁不出去"的恐惧,一直都是真实的。巴赫共生过九个女儿,四个活到成年,只有一个(Elisabeth)结了婚,嫁给了一个管风琴家。

而上文提到的梅内尔小说,在20世纪三四十年代,尤其德文译本大行其道,二战中卖得更火。伊尔斯利认为这跟纳粹当时的价值观不无相投:传统女性,全心支持丈夫,有文化,多子,不停歇地做家务等。不过公平地说,这种极传统的家庭理念,在希特勒上台之前就深受德国右翼欢迎:正好排斥女人在公共场合的活跃,让她们全心拥抱丈夫和孩子。二战中,德国更需要"民族自豪感",巴赫和德意志管风琴音乐获得更高的推崇,梅内尔的安娜,不,"巴赫妻子"的故事也更加流行,安娜一时成了"战时女人"

的典范。题外话，不知是物极必反，还是战后的创伤让德国人选择性遗忘，梅内尔的作品不少，不少今天还有人看，倒是这本安娜几乎销声匿迹了。

今天的安娜也许不需要太多故事，她的曲集虽常被误传，但毕竟是传世的音乐范本。我们写不出光线，但光照的万物是真实的。对安娜的纪念，我最喜欢那个伊曼纽尔为她填满全名的细节。余下的，就是我们这些光影之中的人和物。

参考文献：

1. *John Christian Bach—Mozart's Friend and Mentor*, by Heinz Gartner, Reinhard G. Pauly (Translator), Amadeus Press, 2003.

2. *Bach Perspectives: Bach's Changing World*, Edited by Carol K.Baron, University of Illinois Press, 2006.

3. *Bach Perspectives: Bach in America*, Edited by Stephen A. Crist, University of Illinois Press, 2003.

4. *Bach Perspectives: J.S. Bach and His Sons*, Edited by Mary Oleskiewicz, University of Illinois Press, 2017.

5. *John Christian Bach*, by Charles Sanford Terry, Oxford University Press, 1967.

6. CD：*Bach—Abel Society Les Ombres*, Margaux Blanchard, Sylvain Sartre, Fiona McGown, Mirare 2022.

7. *Sex, Death and Minuets: Anna Magdalena Bach and Her Musical Notebooks*, by David Yearsley, The University of Chicago Press, 2019.

8. 电影 *The Chronicle of Anna Magdalena Bach*, 1968。

9. *The Music of Carl Philipp Emanuel Bach*, by David Schulenberg, University of Rochester Press, 2014.

10. *C. P. E. Bach*, by David Schulenberg, by Routledge, 2016.

11. CD：*C.P.E.Bach: Rondos & Fantasias by Christine Schornsheim*, Capriccio 2013, *C.P.E. Bach: Sonatas & Rondos by Marc-André Hamelin*, Hyperion 2022.

12. https：//www.nytimes.com/2022/01/18/arts/music/bach—piano—hamelin.html.

13. 谱例均来自 https：//imslp.org/wiki/Category：Bach, _Carl_Philipp_Emanuel。

作品编号对照：

1. https：//en.wikipedia.org/wiki/List_of_compositions_by_Carl_Philipp_Emanuel_Bach.

2. *The Music of Wilhelm Friedemann Bach*, by David Schulenberg, University of Rochester Press, 2010.

3. *Oxford History of Western Music* (*Music in the 17th and 18th Centuries*), by Richard Taruskin, Oxford University Press, 2009.

博 马 舍

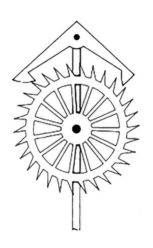

一

　　如果时间是以大事情的数量来衡量的，那么我已经活了两百岁！ —— 博马舍（Pierre-Augustin Caron de Beaumarchais，1732—1799），法国钟表匠，音乐家，剧作家，商人，投资人，间谍，军火商，船主，演说家。他没有错过革命之前的任何大事，而世人记住的是，他写了《费加罗的婚姻》和《塞维利亚的理发师》的剧本。

1732年，后来的博马舍，当时的加隆（Pierre-Augustin Caron）出生于一个钟表匠之家。他是家里唯一活下来的男孩，成天混迹于姐妹之中，受尽宠爱。父亲的职业听上去卑微，但钟表制造在当时是一种"机械的艺术"，需要懂点天文学，要有艺术品位，还要有机械方面精准的手艺，所以钟表匠是工程师和艺术家的合体。家里的文化气氛和品位甚好，也很活泼快乐。平常，家里满是孩子们嬉笑打闹的声音，也有父亲的耳光。

13岁，加隆退了学，开始跟父亲做学徒修理钟表，后来又因为捣乱淘气被赶出家门。这番小混蛋的流浪经历，跟《费加罗的婚姻》中的凯鲁比尼有几分神似，甚至有点卢梭《忏悔录》的影子。后来因为居无定所，加隆向父亲屈服了，接受了一份严厉的合同，然后成为父亲的助手，老老实实干活。

这是路易十五的时代，钟表制造已经是当时的顶峰。整个社会、政治、经济生活都紧紧地绑在"计时"这件事上，乃"国运"之大事。最早的机械钟，出现于大约14世纪，几百年来，人们一直跟它的粗糙、笨重和不准确做斗争。喜欢艺术、雕琢不休的法国工匠把钟表盒装饰到了极致。可好看的外观并不能使钟表更精确，每天快半个小时很正常。16世纪，在加尔文的铁幕之下，瑞士的许多文娱活动和奢侈品都被禁止，而"准时"作为新教美德之一获得褒扬，所以与计时相关的钟表制造业理直气壮地发展起来，已经压倒了法国。加隆在学徒的繁忙中天天动脑筋，终于改进了擒纵器（escapement）的设计。这个改进，大大减小了钟表的体积。当时，国王的御用钟表匠曾经偶然去过他家的作坊，颇惊叹这小家伙的心灵手巧，后来做了加隆的师傅。加隆兴奋地拿发明给师傅去看，不料师傅后来把他的发明窃为己有。

而欧洲的专利系统由来已久，法国的亨利二世在1555年就建立了系统的专利法。今人翻翻科学技术史，可以发现大多数发明都在专利系统中有迹可循。18世纪的著名专利很多，比如瓦特的蒸汽机。

经过一番争取，加隆夺回了专利，也一夜成名。国王的情妇蓬皮杜夫人（Madame de Pompadour）邀请他专门制造一只表，他能把表做得如此之小，据说能塞进她的戒指。钟表匠的儿子开始频繁出入凡尔赛宫，贵族、公主们一个接一个地下订单。

18世纪中叶，英国的工业革命已经给世界带来巨变。欧洲也正是从这个时期，出现了"工程师"这个群体，这可以说是时代的一大收获。当时也并没有这个职称，但一些手艺人、军官、各种工艺爱好者中都涌现出发明家，英国尤甚，法国也不落后，1747年就有了"土木工程师"一说。

当时在造桥、修路、挖运河方面，法国培养的人才最多。在精密机械方面，最著名的发明家要数瓦克桑（Jacques de Vaucanson，1709—1782），他发明的"机械鸭"、会吹笛的"机器人"等玩具，还设计出半自动的织布机，大大节省了人力，但工人不干了。之后有人想用他的想法改进丝绸工业，竟然引起了罢工和社会大骚乱，只好作罢。这是1744年的法国。他去世之后，另一发明家杰卡（Joseph Marie Jacquard，1752—1834）改进了他的想法，这就是著名的杰卡织布机，启发的就不止是工厂，还包括设计现代计算机的IBM了。

加隆的发明并没有留存详细的图纸，不过擒纵装置至今仍然常见，一路经过几百年的改进。下图是一种较简单的锚式擒纵装置，钟摆带动上方两只手臂如同跷跷板般运动，每次摆动，一个齿被放过。总的来说，擒纵装置对斜向的齿轮能阻挡，能放开，这样才能给齿轮确定的运动时间（所以跟表的精确度直接相关），也在摆动中传递能量。这个装置，14世纪就有了记载。

此时，他21岁。一个小小的发明让他名垂青史，尽管那不过是钟表历史上的众多奇迹之一。以后他注定在这个世界上留下更多痕迹。

图片来源：维基百科

二

　　跟贵族们频繁接触的日子，对加隆来说并不只是做钟表，而是陷入了宫廷生活的齿轮。贵妇们欣赏他帅气的外表和聪明人自然散发的魅力，这也让他树敌无数。而他的目光像后来的普鲁斯特一样，穿透了这种贵族的生活。

　　1755年，一位30多岁的美妇人出现在钟表作坊里跟加隆打招呼。她一见到他，就飞红了脸。接下来的故事很套路，这位凯瑟琳（Madeleine-Catherine Aubertin）的丈夫是国王要员，她比加隆大10岁，两人相识几个月后，丈夫就适时地去世了，加隆顺利地抱得美人归。接下来，他放弃了钟表匠的职业，把姓改为博马舍。不幸的是，这位太太十个月后就去世，因为婚姻合约不允许他继承太太的遗产，他从好日子里掉入债务堆，幸好找到另一个差事：教国王的四个女儿弹竖琴。竖琴，是博马舍最喜欢的乐器，他还动手把竖琴拆拆装装，随随便便就改进了它。不久，他就升级为"音乐指导"，给公主们组织室内音乐会了。

而他在宫中"大众情人"的名声也越传越广——一个钟表匠的孩子能有今天！此时他的心思主要在发财上，交友也专找惺惺相惜的爱财之人。他跟一个似乎很富有的女人订了婚，后来发现她徒有虚名，就解除了婚约。1764年，博马舍在西班牙住了十个月，此间跟西班牙政府做了奴隶生意（他自己还谴责过奴隶制）和种种殖民地的垄断买卖，所入不多，麻烦不小。不过丰富的经历倒激活了这个敏感的人。

他知道要想站稳脚跟，就必须向贵族靠拢。但他又真心鄙视贵族。"你们到底怎么拥有这么多财富？无非是费了点力气挑选合适的时机生出来！除此之外你们无非是平凡之人，而我——上帝啊，我是个走卒之辈，但我得用上全部本领和忠诚才能苟活，比他们统治西班牙一百年花的力气还多！"这是日后《费加罗的婚姻》中的呐喊。26岁的时候，他锁定了一个官职，立刻买了座大房子，请父亲和姐妹们搬进来。一时间，那个热闹的童年又回来了，只是他多了些风流韵事——连丧偶的父亲也开始放飞自我，65岁结得新欢。

除了发财，博马舍还有更多的政治理想，比如帮助法国联合西班牙来对付英国。他一度对西班牙国王（查理三世）操纵得得心应手，甚至让当时自己的情人去引诱他。好景不长，国王喜欢她，但犹犹豫豫不敢放纵，据说连续十次取消跟她的欢宴，最终也没有吃掉他的吊饵。

博马舍在西班牙的经历，肯定和《塞维利亚的理发师》相关，虽然他并没到过塞维利亚。他一直喜欢写点东西，但并不认为自己是个"专业作家"，只是觉得这不过是政治生涯中的点缀。"做生意的灵魂跟文学爱好并不矛盾。"他说。他的写作兴趣始终在剧本上（在当时是最火的文化形式），既然生活方式是白天工作，晚上娱乐，写作也算娱乐的一种，他对这种玩票的状态十分自豪。写剧的同行对这个阔人并不服气，不就是靠钱和人脉打通一切吗？文人圈子无法原谅博马舍的富有，觉得他钱少一点、清高一点就更好了。他对文人圈子烦得要死，连沙龙都不肯去，更不肯在文人中站队，很满意自己蜻蜓点水一般的位置。

第一部戏《欧也妮》(*Eugenie*) 是1759年开始排练的，虽说是业余爱好，传下来的草稿也是一稿又一稿，可见相当在乎。尤其是，他在追随狄德罗那一路的"严肃喜剧"，并且在其中放入了一颗敏感而矛盾的心——此剧别名就叫《不快乐的美德》。"一个诚实人的痛苦触动人心，打开它，赢得它，又让它反省自身。"首演的时候被观众嘘得够呛，这些博马舍都忍了，包括"批评家的恶毒和同行的嫉妒"，而且虚心地大修大改。之后，此剧居然获得新生，不断重演。当时，"风流和剧院是法国两大热点"，女人对剧作者八卦不休，能争论得面红耳赤。正巧一位富有的寡妇对他产生兴趣，这就是吉纳维芙(Geneviève-Madeleine Lévêque)。后来两人海誓山盟，就很快走入了婚姻。这第二位博马舍夫人，嫁妆的一部分是一所房子。两人感情甜蜜，不久就生了个儿子。博马舍当时正在远方忙于工作。"我儿！我儿！每次想到我在为他工作，我就要笑出来！"虽然时有风流，博马舍对妻子则是真爱。她患了重病，疑似肺结核，而博马舍日日守在身边，不怕感染，医生怎么劝也拉不开，后来他终于答应不躺在妻子身边了，但在屋里搭了个临时的床，让妻子放心，自己绝不离开她。最终，妻子在重病中慢慢耗尽生命，死在丈夫的怀里。

三

博马舍身边有这么个朋友，古丁（Gudin de La Brenellerie），同样是钟表匠之子，同样结交了伏尔泰，不离他左右，后来甚至住进了他的宅邸，并且注定成为约翰逊身边那个鲍斯维尔。

因为博马舍太有女人缘，身边傍着贵族的富家女子也会情不自禁地投入他的怀抱。曾经有这么一个套路——被情人伯爵骚扰不堪的女士与博马舍一见钟情，伯爵大怒，提着剑追到博马舍的家，当时博马舍不在家，他逼迫古丁说出博马舍的去处，当场对古丁大打出手，撕扯他的头发。仆人们被迫说出博马舍的去处，他就强令博马舍回来。两人面对面的时候，伯爵突然跳起来抓住一把剑刺向博马舍。厮打之中仆人来帮忙，有人抄起钳子，有人从厨房拔刀，最后一片狼藉，博马舍被打得鼻青脸肿。歇斯底里的伯爵最后被制服、送走。受此奇耻大辱的博马舍还想息事宁人，没叫人来逮捕他。那天晚上，他像往常一样出现在朋友家（虽然迟到一点点），优雅地朗读了《塞维利亚的理发师》片段，并且弹奏了令人愉悦的竖琴音乐，最后，才轻松幽默地跟朋友们讲述了白天发生的事情。伯爵被拘，博马舍也未能逃过一劫，被抓了起来。轰动了整个巴黎。正像《费加罗的婚礼》中的台词所说，"在权力的眼里，无所过错本身就是犯罪。他们只想惩罚，并不需要裁决"。

博马舍曾有个强大的老庇护人，杜万尼（Joseph Paris Duverney），待博马舍如亲子，手把手教他投资。他去世之前，免除了博马舍的债务，并且留给他一小笔遗产。杜万尼的侄子，法定继承人布拉赫伯爵（Count de la Blache）很不高兴，声称那张免债的信是伪造的，借此将博马舍告上法庭。这是几年前的事情了，当时法庭判决指控无效。可是，后来另一个叫戈兹曼（Goezman）的法官，把案子翻了过来。又因为跟伯爵打架的事情，布拉赫又借机散布谣言，说博马舍毒死了两位妻子。案子不好弄，博马舍一边在牢狱中受折磨，一边再次动用一支利笔，写了本洋洋洒洒的《我和戈兹曼的过往》(*Mémoires contre Goezman*)，用今天的话就是"真相了"，把戈兹曼受贿始末交代清楚。最终，戈兹曼被免职，博马舍获得自由。说来简单，博马舍在牢狱中待了两年，其间起起落落——也不好说是正义获得了胜利，而只是各种丑闻之中角力的结果，外加一点运气罢了。而博马舍洋洋洒洒的倾诉真是感人，再次向公众证明他的魅力（连雄辩的伏尔泰都叹服）。最后，法官对博马舍和戈兹曼各打五十大板，博马舍把那本煽动群众的回忆录当众烧掉，还被剥夺了公民权（比如出版权）。

也就在这个时候，他遇到了下一位灵魂伴侣，特蕾莎（Marie-Thérèse de Willer-Mawlaz），她22岁，温柔聪明，通晓音乐，博览群书，更是他的粉丝。第一次见面就难舍难分，之后就互听竖琴弹奏。这一次的联盟成为永久，她陪伴到他最后的日子。当时，被剥夺公民权的博马舍连结婚都不能，两人十二年后才修成正果。

而《塞维利亚的理发师》正修改于百般烦恼的狱中。也经过了诡异的走红过程，先是被打入冷宫三年，之后又因为版权等问题再被耽搁。首演时反响很差，博马舍花三天精简它（他自己说，去掉了第五只轮子），它神奇地成功了，歌剧版本也不止一个，而刻在历史上最深的，是他去世后才出生的罗西尼所写的版本。很多人都说，博马舍就是费加罗，至少是一部分。而这仅仅是费加罗的开始。

四

博马舍打算收复自己的政治权利，向路易十五请缨当

"间谍"。博马舍性格镇定，处事机智理性，不动感情，所以路易十五还真挑中了他。他更名改姓，来到伦敦。间谍的任务不太艰难，不过博马舍自有打算。当时英法是宿敌，法国刚刚输掉"七年战争"、签了巴黎协议。他在英国悄悄搜集情报，日后为帮助美国的独立派上了大用场。

这是18世纪70年代。美利坚脱英的趋势已有端倪。殖民地是叛逆者，国王不太情愿鼓励这种坏榜样，更不能公开跟英国闹翻，但另一方面，任何给英国添乱的事情，法国人都乐见其成。博马舍就不断写信给外交官，苦口婆心地劝说他去争取天性犹犹豫豫的国王。或许，一旦法国卖给殖民地武器，他能大捞一笔。而他一方面鬼点子很多，一方面又是理想主义者，相信殖民地会带来真理和自由，是启蒙的希望所在。接下来的许多年里，博马舍狂热地助力美国的独立战争。

题外话，此时的北美，还有一个跟博马舍近于影子的人物，这就是政治家、发明家富兰克林。两人都出身寒微，从小求知欲旺盛，兴趣极广（都包括音乐和乐器），终生自我教育，设计新东西，其发明都能在历史上写下一笔；两人又都有传世文章，最看重的还是政治。博马舍做起军火生意，而富兰克林特地跑到巴黎，也想买军火，也希望从中牟利，但发现博马舍已经垄断了生意，怏怏而归。两人相遇、相交，最终恨恨擦肩而过。

日后还有一个可以跟博马舍相提并论的人物，那就是为莫扎特的三部歌剧写了脚本的意大利人达庞蒂（Lorenzo Da Ponte，1749—1838）了。此人竟然也有类似的曲折人生和广博的才艺——最终旅居纽约，在当地开过杂货店，后来又当上了大学教授——莫扎特的合作者成为纽约人！莫扎特的音乐，巧合地串起来这些高光的人生故事。那是个剧变的时代，人生动辄跟戏剧折叠，影影绰绰。

1776年，《独立宣言》发表。此时博马舍还在兢兢业业地运营着他的空头进出口公司——Hortalez & Co.，秘密给殖民地运送武器和物资。公司雇员不多，最重要的一位就是他最信任的古丁，他自己则身兼商人、船主、走私家数职，办公室里乱得像蜂窝，他最终把许多杂役都玩弄于股掌之上，跟官僚们打交道游刃有余。生意起起落落，博马舍没少承担风险，绞尽脑汁堵住亏空。他的收益并不理想，比如向美利坚运送足够两万五千人使用的军火之后，并没有拿到现钱，一等就是两年，怎么催都没有回音，直到他去世都未全部厘清。1779年，十余艘货船在海上遭遇英国和法国的船队，两方开火，虽然法国军队打赢了，手无寸铁的货船则遭到灭顶之灾，他这一次就损失了两百万里弗尔（livre，又译法镑，1法郎约等于1.3里弗尔）。当时美国的大陆会议的主席约翰·杰伊（John Jay）在信中对博马舍深表感激，他也是第一个公开承认博马舍贡献的美国政治家。历经风雨，博马舍守口如瓶，忠实地服务美利坚和自己的祖国，遭受委屈之际都没有背叛。但在自己的国家里，凡尔赛宫的要员们渐渐质疑博马舍支持北美的动机并非为了法国利益，而是为宣扬伏尔泰和卢梭的异端邪说。讽刺的是，当年，伏尔泰为了获得出版自由，逃亡地是英国。而博马舍在英国搜集情报的时候，也深深羡慕这里的言论和出版自由。千万烦恼之中，博马舍又回到纸笔旁边，写作浇愁。

此时他已经如愿以偿地恢复了公民权，法国也如期成为美利坚十三个殖民地的盟友，加入了独立战争。可是聪明如博马舍，谨慎如路易十六，谁也想不到，美国的独立十年之后的法国大革命。

五

1778年，84岁的伏尔泰去世前留下了这样的话："我

（出版作品）的全部希望，都在博马舍身上。"两人并不相熟，但伏尔泰认定博马舍是最佳人选，自有其道理，其能力和人脉，巴黎无人能及。博马舍受宠若惊，立即开始购买伏尔泰的手稿和版权，亲自编订。在此之前，他对出版毫无概念。古丁说，博马舍有种奇怪的禀赋，每次不得不从头学一门新手艺的时候，都能迅速集中精力，全力以赴。想想看，今人对"自我"的研究很透，各种自我管理、效率专家、成功指南都能写出来。而古代的大忙人，到底怎样无师自通地完成了诸多不可能之自我管理？

因为伏尔泰在法国被禁，博马舍把出版社开在了德意志的凯尔。七年里，他出版了七十卷伏尔泰的作品，赔了大笔的钱。事毕，他关闭了出版社，把积压的书运回巴黎，自己的阁楼、地下室以及所有空间都塞满了书。没有他的努力，许多伏尔泰的作品都会散失掉。后来，他还出版了伏尔泰的对头——同样争议多多的卢梭的作品。终其一生，博马舍爱财但并不守财，会为了某个自己深信的目标付出重大努力，忍辱负重。他充满乐观，有机会就思考敛财之道，但也知道什么更有价值。能量不凡的人，无论在哪个方向，都能行极端之事。

1778年，博马舍就写完了《费加罗的婚姻》。除了他，有几人敢让费加罗——沉默的大多数中的一员，一个多才多艺无所不能的小人物——如此不加掩饰地取笑富人和官僚，把他们最不爱听的话，直接喊到他们脸上。莫扎特会高兴为这样的故事谱曲，出口恶气——这个天才从贵族那里受的罪还少吗？费加罗的形象自然无助于社会维稳，而路易十六的话不幸成谶："如果这个剧还不算危险，那么得先推翻巴士底狱了。"博马舍跟路易十六斗智斗勇，熬过一轮一轮的审核，1784年才艰难上演。两年后，莫扎特谱曲的歌剧也上演了（此时距法国大革命还有三年），八个月内就演了近七十场，让他颇赚了一笔。一生写了六个本子，两个名垂青史，虽然是因为傍对了莫扎特、罗西尼这样的"大神"，也算中奖率奇高。剧中除了"你们到底怎么拥有这么多财富？无非是费了点力气挑选合适的时机生出来"这种呼声，还有当伯爵抱怨仆人穿衣服比主人还慢的时候，费加罗回道，"因为我们没有仆人帮忙"。这种包袱，观众乐不可支，首演的那晚，居然有三个人在拥挤的观众中被踩死了，可见演出之轰动。

除了爱财，终其一生也爱斗嘴（放在今天离"杠精"不远矣），每每因"回复评论"而长篇累牍。后来因为跟批评者打笔仗，很嘴欠地说了一句："我跟狮子和老虎争斗了一番之后才让这出戏上演的。"路易十六本来还算个好脾气的国王，知道后大怒——他认为狮子和老虎就是指他和皇后。他立刻下令把博马舍从家里抓了起来，不过没送到巴士底狱，而是送到一座关押青少年罪犯的监狱。这里的刑罚是，把犯人脱光裤子，当众打屁股。53岁的博马舍，因为有贵族死保，没有挨打，不过大家都传闻他真的挨打了，乐不可支，这个油嘴滑舌的家伙也有今天！可是后来得知是因为讽刺国王的缘故，民意开始反转。路易十六有些坐不住，让人把博马舍放出来。没想到这人拒绝出狱，要求一场完完整整的开庭审判。"疯子才会讽刺国王，我绝对不会干这样的事。"国王尴尬了，史无前例地向博马舍表示歉意，简直是恳求博马舍离开监狱。博马舍这才给了台阶，大大方方在官员们尊敬的注视下离开监狱。之后国王请他到凡尔赛的剧院中做客，由王后扮演《塞维利亚的理发师》中的罗西娜（罕见至极），还付清了政府当时欠博马舍的一笔巨款。博马舍要了更多，说自己在过去五年为国王的花费远远不止这些，国王立刻照办，面子给足。

正义得到了伸张？才不是。博马舍好歹是大名人，路易十六如此随意逮捕、羞辱无罪的剧作家，用今天的话说，人设已然崩塌。博马舍在此事中挣足了脸面，可也伤心到底。出狱之后，他好像换了一个人，再没有过去的镇静和乐观，如费加罗在《塞维利亚理发师》中所说，"我因恐惧而哭泣"。他又在寻找彼时的安慰，也就是写下一部费加罗，《负罪的母亲》（*La Mère coupable*）。这里的费加罗，已经不再是那个反叛、玩闹的小人物，而是宫中要人的亲信。《费加罗的婚姻》中著名的小仆人凯鲁比尼，居然跟女主人罗西娜有染，生下一个儿子，跟伯爵的私生女开始了一段古典式恋情。这时博马舍大概想起来，他应该跟相爱十二年的特蕾莎结婚，结束宝贝女儿私生女的身份了。婚后，两人依旧深深依恋，只是她得忍耐他一贯的不忠。他跟女人们的故事，可以单独"开帖"，写成一本厚书。

此时莫扎特已经去世，作曲家萨里埃利接下了《负罪的母亲》谱写歌剧的活。博马舍要求音乐绝不可以抢戏，只突出人物对话，音乐表现力压到最低。好脾气外加被肥差吸引的萨里埃利接受了这个任务，合作愉快，皆大欢喜，只是如历史所知，歌剧在当时就遭到惨败（批评家说这个剧是"费加罗的葬礼"），至今也谈不上杰作，音乐尤其平庸。聪明一世的博马舍，怎会料到莫扎特和罗西尼"抢戏"的伟大音乐才让他流芳百世。

从1787年开始，他开始建造自己的别墅和花园。它位于巴士底狱附近，可以说蹲在火山口——他认为国王会拆毁巴士底狱，修建一个华丽的广场，这样房屋一定会升值。这是他亲自设计的，仙境般的家，其优雅和奢华的程度，只有卢浮宫能超过它。而这座美不胜收的庭园，在世上仅仅留存他人的转述。1822年，因为挖凿圣马丁运河之故，在滔滔历史中躲过数劫的博马舍的豪宅被强拆，只留下角落里的亭子。1826年，连它也被夷为平地，如今，巴黎只有一条"博马舍大道"，纪念着历史。

六

此时法国正在经历最严重的危机。物价飞涨，政府困难，普通人吃不上饭，抢劫到处都是，三万人的军队驻扎到凡尔赛宫旁边保护国王。博马舍都看在眼里，一直很同情上街示威的人，这不正是他所支持的美国革命者吗？谁也无法否认，他的巴士底狱脚下的豪宅离巴黎穷困的地区很近，而他的生活跟街上的人有千里之远。本来，这所大花园的存在，已经是"腐朽世界"的定义，他自己奢侈舒服的生活方式更是。他拥有十匹马，往来常有贵族，夜夜笙歌。不过他经常开门欢迎人进来，还不断送钱和食物给附近的人。是的，他肯定预见到什么，需要自保。不过，动辄在慈善事业中花费十万法郎，也很了不起不是吗？对他人无数默默的帮助，他死后才从遗物中为人所知，受惠者包括一些曾经加害于他的人。

1789年7月14日，愤怒的人群终于爆发了，占领了巴士底狱，不一会就把典狱长抓住，拖过街道。一切都不可逆转，只有愈演愈烈，惨不忍睹。数不清的人被屠杀、虐杀，其中有官僚，也有大量无辜的小商人、手艺人。后来，奥地利和普鲁士的部队接近巴黎的时候，巴黎城中愤怒的人群知道博马舍做过军火生意，打算搜查他的家。

人群逼近的时候，他想出门理论，但被古丁拦住了，告诉他非丢命不可。博马舍乔装打扮，悄悄溜出了家，藏到朋友的住所里（那位朋友早就逃走了）。之后，仆人们按照他留下的指示，将城堡大敞四开，免得有人来毁门，又让人群随意进入他们想去的地方。奇迹发生了，汹涌的人流竟然没有损坏什么。首先，他们被城堡里的美妙景观迷住，惊呆了，在场的古丁记录了这样神奇的场景："越来越多的人提议大家不要砸东西。搜索武器和存粮未果之后，人们发现了博马舍打猎的手枪和佩剑，可是他们什么也没动。"

古丁说："这是博马舍平素善意待人的结果……如果他不是这么受爱戴，这样爱邻如己，后果可想而知。"事后，仆人们向他报告："先生，他们进进出出三十次，没有打碎一只酒杯"，"他们搜索了所有柜子，最后一只碗都没少。你留在桌上的铅笔都没有动。""我后悔逃走了，应该留在这里观察头脑发热时的破坏和混乱中未泯的正义感。"后来博马舍在信中说。

后来，他不断收到恐吓和谩骂的信件，因为成功、有钱，怎么也难逃公敌之名。他还曾天真地试图逐个回复，解释自己并不曾加害于人。他相信的东西都崩裂了，他的费加罗给社会带来的原来只是无政府的混乱；他再也无法像费加罗那样开心地调侃。当年，贵族们伤害了他，他站在普通人这边。现在，普通人也伤害了他，他们行恶的能力和富人一模一样。一旦权力在握，普通人的傲慢和残酷，跟那些贵族相比，"不多不少"。

1792年8月的一天，士兵闯进博马舍的大宅门，把他抓走，罪名是曾经私藏武器，可以上断头台的。不久，他又糊里糊涂地被放出来，后来才知道，是府上一位曾经的女客，也是情妇，游说了她的旧相好，也是政府要人，才把他救出来——这是他有信件为证的最后一位情人了。博马舍在监狱里煎熬了一星期。就在他出狱那一天，普鲁士人逼近了凡尔登城，城中的众人认为所有贵族都有通敌的嫌疑，不问青红皂白，三天之后就把当时关押（包括几天内突击抓捕）的三千多人全部屠杀。幸运的博马舍又躲过一劫。几个月后，路易十六就以361票对360票的结果被处死——罗伯斯庇尔为确保投票结果，早已拘禁了足够的不同政见者。路易人头呈上，嗜血的空气仍不消散，人们认为应该让皇家血脉消失殆尽。于是，刚刚登基的8岁的路易十七被人从皇后怀中夺走。10岁的时候，他安静地在监禁中病逝，极少被提起过。

之后，因为法国国王被杀，英国的君主坐不住了，跟荷兰联合对法国宣战，后来俄国也加入。这时，博马舍帮英国人买了荷兰的军火，很自然地，又在法国惹了大麻烦，有家不能归，索性在荷兰、德意志等国自我放逐。因为逾时不归，妻子女儿都被抓起来，生死未卜——可是形势突变，罗伯斯庇尔被送上了断头台，许多事情开始了反转，母女和很多人一起被释放了。惊魂未定的太太跟他离了婚，以免"叛逃"的丈夫连累全家。但她在法庭上理直气壮地大声说："我是被迫这样做的，我的丈夫从未叛国，他会证明自己的清白，我们也必将复婚。"

风平浪静，博马舍归国。夫妻复婚之后，他想过带全家去美国，因为他觉得自己的贡献会被承认，并且可以拿到美国人欠他的一大笔军火费，这样余生就衣食无忧了。他最终没去，只是不断给美国写信。1793年，美国财政部部长哈密尔顿（Alexandre Hamilton）认定美国政府确实欠博马舍两百万法郎，可是第二年，有官员抓住博马舍曾经向法国政府借款一百万里弗尔经营他的公司这一点，咬定这笔钱是法国政府送给美利坚的礼物。博马舍震惊了，这就是他一直相信的最公正正义的国家吗？直到1824年，博马舍已经去世二十余载，女儿穿越大洋去交涉，好容易要回来三分之一八十万里弗尔。

　　投资狂兼爱财如博马舍，起初是有靠军火发财之念，但后来怎么会没预料到蚀本？他有怨无悔。他爱大洋对岸的美利坚，爱了一辈子，尽管从未抵达那里。美利坚对他来说完全是理想化的，是他对启蒙、平等、自由的幻梦——"他难过地爱着美国"，传记作者这样说。尽管美国不愿大肆宣扬法国人在独立战争中的作用，但不会忘记参战的法国英雄拉法耶伯爵（Marquis de Lafayette，1757—1834），而博马舍的贡献远在拉法耶之前，却乏人感谢，大约是这段赊账、要钱、赖账的尴尬历史，让美国人不愿提起。而博马舍曾经给自己的船长这样的建议："要像我这样，憎恶小肚鸡肠、斤斤计较，自我怜悯。你是和一个光辉的使命联系在一起的。"

晚年，他对各种有趣的事情还要参与，毕竟他从来不是自私孤立的人。跟法国政府恩恩怨怨这么多年，他还挣扎着不断给他们提建议。此时，20多岁的波拿巴已经开始活跃，博马舍很欣赏他，差点把自己的豪宅卖给这个年轻人，大概没预料到接下来几十年的法国会怎样被这个人所重塑，而最终他的豪宅从世上的消失也缘于波拿巴（彼时已成为拿破仑）启动的圣马丁运河工程。而暴烈、残酷的18世纪的法国，虽有著名化学家拉瓦锡被送上断头台的惨剧，但工程科技受到强刺激，仍然有大发展。博马舍一辈子都紧追当代的新技术，60多岁时对当时的"航空技术"——热气球兴致勃勃，到现场看了两次热气球横穿巴黎。大约是记起早年自己发明钟表擒纵装置的艰辛，博马舍帮助专注改进热气球的工程师出版了关于飞行的手册，还给他写推荐信。

67岁，博马舍平静地去世，死于心脏骤停，没有遗言。而这也会是费加罗所赞同的最理想、最快乐的死亡，"不盼望，不知晓"。除了死亡，他已经遍历人生。

参考文献：

1. *Improbable Patriot*: *The Secret History of Monsieur de Beaumarchais, the French Playwright Who Saved the American Revolution Hardcover*, by Harlow Giles Unger, University Press of New England, 2011.
2. *Beaumarchais and the Theatre*, by William D. Howarth, Routledge, 2008.
3. *The Real Figaro*: *The Extraordinary Career of Caron de Beaumarchais*, by Cynthia Cox The Camelot Press Ltd.=，1962.
4. *Beaumarchais, by Maurice Lever*, translated from the French by Susan Emanuel, Farrar, Straus and Giroux, 2009.
5. *A Grand Complication*: *The Race to Build the World's Most Legendary Watcch*, by Stacy Perman, Atria Books, 2013.

迷宫迷思

一

　　很多人听说耶鲁大学音乐系的莱特教授（Craig Wright），是因为网上的音乐欣赏公开课，其实早年他做了很多跟中世纪音乐相关的研究。我偶然发现他的著作《迷宫与武士：建筑、神学和音乐中的符号》（*The Maze and the Warrior：Symbols in Architecture, Theology, and Music*）一书，颇为好奇，就拿来读了几遍。书的主体不是音乐，而是枝枝蔓蔓的"迷宫史"，只因音乐自身高度的结构性，最终被拉到这样的话语中。而所有的历史叙事不都是走迷宫吗？叙述者自选一入口，不断撞墙寻出路，撞出来就算自圆其说，讲出一套有缘有本，有线索有死角，也有开放并尚未连通的点，好供后人接续；比迷宫稍微幸运点的是，哪怕不太成功，"来时路"仍有痕迹，不会完全浪费。大千世界也好历史世界也好，"只缘身在此山中"乃是世间常态，至于亲历者可能的恐惧和焦虑，倒有机会聚焦出更多的故事。

从古希腊、古埃及神话中的迷宫，到2017年建于中国江苏盐城号称"世界最大"的迷宫，莱特的书里书外仍有无数线索。迷宫不死，关于它的记述仍是"未完成"。

迷宫在各种文化中都有漫长的历史。古希腊罗马这一脉，最著名的早期记载是"克里特版"，也就是奥维德的《变形记》中雅典王子提修斯（Theseus）的神话。当时，克里特岛国王米诺斯（Minos）称霸地中海，而他的妻子帕西法尔（Pasiphae）却陷入了一场"不伦之恋"，秘密地爱上了一头英俊的白公牛。有一说认为，公牛是海神波塞冬所赠，本意是令米诺斯将它献祭，可是米诺斯舍不得。结果，帕西法尔生下了半人半牛的怪物米诺陶（Minotaur，意为"米诺斯之牛"）——其实，国王米诺斯的母亲欧罗巴也曾恋上公牛，不过那是宙斯所变，好歹体面一些。羞愤之下，米诺斯令工匠代达洛斯（Daedalus）建造了一座迷宫，把这个不会讲话、只会嚎叫的怪物关在里面。迷宫黑暗，无论谁偷偷进来都不可能活着再见到光亮。

这个时期的雅典是地中海弱邦。因为有克里特人在雅典被杀，给了米诺斯借口，于是他要求雅典人每九年（一说每年）奉祭七名少男、七名少女，送给米诺陶——被送到迷宫里给米诺陶，少男少女无法逃脱，惨死是他们唯一的结局。到了第三次奉祭时，王子提修斯自告奋勇混在少男少女中，想去杀死那个怪物。他和父亲埃勾斯约定，若成功，他的船回航时会挂白帆。

结果在克里特的海岸上，米诺斯的女儿阿里阿德涅（Ariadne）瞥见帅哥提修斯，立刻爱上了他，之后就是美人救英雄——她给了他一个沥青球去堵住牛嘴，一个金线团，一端拴在迷宫的入口，然后他手执线团探路。最终，提修斯用剑杀死了米诺陶，顺着线索（也就是线团，clue一词即出于此）带领其他雅典人逃离了迷宫。他还带走了阿里阿德涅，路经德洛斯岛的时候，两人停下来举行了一个庆典仪式，据说舞蹈的步伐就再现了迷宫的路径，而祭坛中间就摆放着米诺陶的象征物。

之后的故事还很长，提修斯丢下阿里阿德涅（不知出于什么原因，这又给后人提供话柄改编出新版本），自己回到雅典；报应的是，他忘了在船上挂帆，老国王以为爱子已死，遂投海。而大怒的国王米诺斯把工匠代达洛斯父子关在迷宫中，却挡不住他们为自己做了两对翅膀，直接飞出迷宫。可见没有阿里阿德涅金线的神匠父子，也无法逃脱迷宫，只能另寻路途。可是，性急的儿子伊卡洛斯（Icarus）飞得太高，翅膀上蜡的部分被太阳融化，坠海而死，而代达洛斯成功飞往库迈（Cumae，现属意大利），在那里为太阳神阿波罗（讽刺的是，那正是令他失去爱子的神）建造了一座神庙。而遇难的伊卡洛斯在后代文学中也是频频出镜，W. H. 奥登在《美术馆》一诗的结尾就写到这么一个"从天上坠落的男孩"。

除了《变形记》，转述它的文学作品很多，比如普鲁塔克的《提修斯传》和维吉尔的《埃涅阿斯记》，再加上荷马、但丁，已经脑补出不少情节，后人更加脑洞大开，比如飞机、航空的历史往往会扯上代达洛斯父子的那对蜡翅膀，而迷宫和助提修斯走出迷宫的"阿里阿德涅之线"也成了解决问题的说法。20世纪的传奇英国考古学家伊万斯（Arthur Evans）[1] 发现了克里特岛遗迹，居然真的发掘出米诺斯的宫殿（建于公元前2000年），其中还真有公牛的标志，只是没有迷宫。被地震毁灭的宫殿，当然也不会留存

1　他并不是最早发现克里特岛的人，但他是最早的讲述者之一。

迷宫——即便它曾经存在过。

被无限引用的古希腊神话，每个转折的"褶皱"都会在历史上积淀一堆话语和重述，因为后人自会睁大眼睛审视每一细节，看看有什么能为己所用。迷宫必然也是亮点之一，让人遐想。几千年来，世上留下许多迷宫，以及关于迷宫的故事、图案、工艺品、钱币等，而古希腊罗马的迷宫，都在世俗场所之内，后人从未发现神庙之中的迷宫。到了中世纪，有人把基督化入迷宫的故事，走迷宫才渐渐成为一种虔诚的仪式，往往在教堂之内，这也就是所谓迷宫的"基督化"。

15世纪以前，欧洲几乎所有的迷宫都是单向的。路径盘旋着指向中心，入口也是出口。相当多的迷宫都以提修斯故事中的迷宫为样本，中心躺着一头牛或恶魔。而迷宫的故事在各种版本里也体现了不同的寓意，有时它赞美穿透迷宫的勇士，有时则赞美固若金汤的围城本身，甚至有些墓穴以迷宫保护入口。事实上，走这类迷宫不需要什么智商，只要耐心坚持住一个方向就可以。17、18世纪之后，走迷宫渐渐演变成娱乐，也就跟音乐舞蹈等艺术混合在一起不断地出现在花园中，变为游戏，出了越来越多的花招供人迷路和上当。"迷宫是人类最早的艺术创造之一，它不是自然的模仿物。"这是《未完的旅程》(*The Unending Mystery: A Journey Through Labyrinths and Mazes*，2005) 一书作者大卫·麦卡洛 (David W. McCullough) 的话，颇有深意。人无中生有地造出折磨自己的东西，这个传统悠久得很。不过迷宫虽是纯粹人造的，而其中的体验却恒久真实，谁在生活中没有过迷失和绝望呢？如今，迷宫爱好者有大把，走迷宫也有了一个类似的词"治愈"。

二

英文中，迷宫有两个词，"labyrinth"和"maze"，基本可以混用，细分的话，前者是指那种环状的，从入口走到中心的迷宫，而后者则可能是那些弯弯绕绕包含无数陷阱和花样的迷宫。历史上的迷宫是怎么设计出来的？现存的迷宫，比较古老的一种是"沙特尔型"，位于古老的沙特尔大教堂中殿 (Chartres，法国城市)。大教堂建于12世纪左右，这个迷宫的历史几乎一样长。后来，一些其他的大教堂也仿照它，设计出自己的迷宫。如今我在居住的加拿大

教堂迷宫。图片来源：http://www.visitationmonasteryminneapolis.org/wp-content/uploads/2010/10/chartres_labyrinth_photo1.jpg

城市，仍能见到不少教堂中的迷宫。

　　有人说"沙特尔型"是由"罗马型"和"克里特型"演变而来，而且是一个完全基督教化的版本。它主要由半圆和四分之一圆构成，总的结构是左右上下对称，体现出"十字"，一般是铺在地上供人行走的。

罗马型：

克里特型：

莱特在叙述中给出了公元10世纪法国僧侣奥尔勒（Brother Auxerre）设计的沙特尔迷宫。今人推测，设计的想法并不复杂，比如可以随机产生一些点，然后用圆弧间隔连接就可以了。[2]

2　网站http://www.gwydir.demon.co.uk/jo/maze/chartres/index.htm 有更详细的介绍。

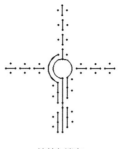

沙特尔迷宫

　　之后的六百多年里，基督教堂内的迷宫（法国和意大利留存尤多），几乎都遵循这个样式，它们位于教堂之内，其终点仍然指向中心，告诫人不要因世界的诱惑而迷途。

　　而在基督教义取代古希腊异教之后，迷宫的故事渐渐被重述，在迷宫中行走成为一种净化（purgatory）的过程，也可描述地狱的折磨，而"阿里阿德涅之线"变成了救赎的象征，提修斯干脆就变成了基督的象征——提修斯杀死米诺陶，也就是基督在复活节战胜撒旦。这种描述在中世纪的信仰中极为重要，后来渐渐被摒弃。再后来，迷宫的故事又增增减减，但人们普遍认同，走迷宫的行动，必然是有进有退，不断迂回探寻的，这一点，终于被音乐家抓住并吸收了。莱特教授说了一个著名的15世纪的音乐例子，这就是"持剑武士"（Armed Man）的音乐和故事主题。

"武士啊武士，他要被人畏惧/每处皆有哭声/每人皆备刀剑/武士啊武士，他要被人畏惧。"因史料有限，这个曲调似乎没有来处。至于武士，他有时是《启示录》中的天使长圣米迦勒，有时成了基督。不管具体情节，他总是那个击退恶敌（甚至死亡），保护众人，并带来丰收或者平静的人。而击退的过程，对音乐家是颇有文章可做，比如步伐的进进退退，过程中的迂回等。今人看来，循环、倒影、逆行，这不是音乐线条的拿手好戏吗？其实也并非理所当然。15世纪的杜非（Guillaume Dufay，1400—1474）最早使用"逆行"的手法，此外他的弥撒曲《武装人》（L'Homme arme）中，男高音唱出"武士"主题之后，主题像螃蟹那样"逆行"一次，等伴奏上来，主题继续前行。

这里是原主题：

而弥撒最后一段羔羊经从，下图黑线标出的一个线条，就体现了对主题的逆行：

不过，莱特教授说，早期音乐（一般指18世纪中期以前的欧洲音乐）虽有大量象征、主题类手法，但其手法跟后来的标题音乐完全不同。比如后来的贝多芬《英雄交响

曲》，情绪伴随音乐表情，对听众有明显的感染，而早期音乐的象征性很隐晦，不知其所本也就猜不到谜底，其典故可能跟音乐没有关系（比如谱子记成"心"形，小节数的特定比例，数字象征等），甚至根本不在乎音乐和歌词的对应，无论歌词是关于圣母的温柔还是战争的险恶，旋律的形态和情感听上去几乎一样。

在以"武士"为主题的音乐中，基督都是象征牺牲的羔羊和象征勇敢的武士的合体。不过，"武士"的主题，在中世纪、文艺复兴之后渐渐衰落，17世纪之后几乎完全消失，大约是因为新教并不相信这些武力征服和炼狱，也不相信拯救众生的武士；而"天路历程"（pilgrimage）的叙事，渐渐取而代之。教堂里的迷宫一度成了玩乐场所，这自然为新教不喜，天主教更不欢迎。于是在17世纪之后的一百年里，法国的桑斯、欧塞尔等古迷宫最多的地方，都把地板上的迷宫挖出来丢掉了。19世纪前，意大利大教堂中的迷宫消失殆尽。世俗场合下的迷宫也多数被毁，比如法国大革命之前，路易十四花园中的迷宫在1774年就被挖走，而许许多多巴洛克时代的迷宫花园，也跟宫廷中的"涂粉假发"一起悄悄消失掉。

自然，"武士"主题也从宗教音乐中淡出，世俗的绘画中也不太能见到，与之相联系的象征意义被遗忘，也就是说，没有多少人理解这个故纸堆中的梗了。而那个著名的后退和迂回的姿势，到了海顿、莫扎特那里，则成了纯粹展开音乐的手段。迷宫的意象仍然到处都是，纸牌、绣花、衣饰上无处不在，走迷宫仍然被人喜闻乐见。而21世纪倒又有了若干作品，比如威尔士作曲家杰肯斯（Karl Jenkins）的一部大作《武士弥撒：为和平而作》（*The Armed Man: A Mass for Peace*），主题忠于那条古旋律。如今，许多教堂又恢复了迷宫，走迷宫成了一种冥思的姿势。我亲眼看见教堂最宽敞的大厅里，地上就铺着描画出迷宫的塑料布。

而莫扎特本人，写过一些"逆行"的旋律和音乐玩笑，但跟迷宫最相关的，恐怕是那个充满象征性"迷宫"的歌剧《魔笛》。莫扎特是深入共济会理念的，在这个信仰的话语之中，处处都是迷失、炼狱和重生，歌剧主角塔米诺的旅程就是迷宫中的行走。共济会原名为"Freemason"（石匠），而早期的共济会员就是石匠，他们还真的用石头铺成过教堂里的迷宫，那是中世纪的事了。莫扎特还在世的时候，《魔笛》已经火爆，剧院经理想搞个"续集"，莫扎特却撒手人寰。续写《魔笛》的希卡内德（Emanuel Schikaneder）

虽然不算有创意，但维持住了魔笛的"热播"。他差不多是把《魔笛》中好听的旋律再现了一遍，剧名正是《迷宫》。

三

谢天谢地，人类早就爬到食物链顶端，从而有了觅食之外的闲暇。虽然人类会本能地躲避思考，但还是会有人自寻烦恼、自找烧脑。如今，人们用计算机程序设计迷宫、走出迷宫的方法实在太多。在数学语言中，设计迷宫其实就是构造一个连通图，毕竟它的本质就是从某一顶点抵达另一顶点。一个计算机系的学生都会告诉你"深度优先""广度优先"的基本思想（上面说到走迷宫往往有后退和迂回，大概就是一种"广度优先"的策略，而不是一条道走到黑），构建迷宫和逃出迷宫，都早有了现成算法——基本都包括"标记来时路"的步骤，也就需要额外的存储空间来记忆路途，并随时判断此地是否已经路过——古人的线团也是"额外存储"的一种，不过用今天的算法来看，"线团"实在太浪费，若干"线头"足矣。今人也不会满足于走出迷宫，还要寻求最短路径，谷歌地图更是转眼就算出若干走法。

无解的迷宫也有，比如 M. C. 埃舍尔的建筑。无论怎么走，注定会踏上不存在的台阶——每级台阶似乎都相对于另一级而存在，只是你会突然发现台阶处于你的头顶，而你立刻会被重力压垮。埃舍尔的画里，众生其乐陶陶，但他们只能永居于迷宫之中，动弹不得。岁月静好的快照，下一个瞬间是什么？

也许是巧合，莱特教授提到了一座音乐迷宫，这就是巴赫的BWV 591，也是著名的侯世达的《哥德尔、艾舍尔、巴赫——集异壁之大成》中的重要例子。在音乐上，这首小曲并不太出名，可以说是淹没在管风琴作品中的一首而已，它在无数频繁转调的众赞歌中也并不显眼——要说迷宫，巴赫何止一首，简直是成集成捆的作品都充满迷宫，随便一首20小节的众赞歌就能因为转调太密让人转角不及，撞得"头破血流"——那些突发的升降号，可以活活气死教堂里的歌手。而以调性制造迷宫的，巴赫并不是唯一一个，甚至不是最刻意的那个。不过莱特教授对此有解释，迷宫的要义在于进退和迂回，从这个角度来说，这首BWV 591更忠实于迷宫的规矩。曲子只有两页长，分为入口（Introitus），中心（Centrum）和出口（Exitus），又因为转调的形式是C大调到升F大调再回到C大调，然后是c小调。这种次第进退的样式，至少是让侯世达大有文章可做。据说，巴赫早期传记的作者斯必达怀疑这不是巴赫的作品，但既然作品呈现了这种抽象的巴赫式的结构（以调性、和声来设迷宫，而不是像"武士"主题音乐那样以简单的旋律线构成音乐形态），巴赫迷恐怕都乐意相信它是正本清源之作。

上文提到的《哥德尔、艾舍尔、巴赫》一书，侯世达行文烦冗，步步双关，每个关键词都要影射一点背景。从"Tonic"（既是调性音也就是音阶中的第一个音，也是一种苦味的健康饮料）开始，用了"pop—potion"和"push—potion"来把穿行世界的人推来弹去。在这里要盛赞商务印书馆的中译，能造出"煮调饮""推入露"和"弹出露"，已经是神译，只是译者需要太多的铺垫交代才能让这些新造的词充盈意义。因为"potion"在这里是"神药"——让人坠入爱河的药或者迷幻剂，所以它让人进入（被推或者弹）另一个世界就不奇怪。自古以来，太多的神话、歌剧以"药"为梗，靠"推"和"弹"驱动情节，让不可能相爱的人突然如胶似漆（如《特里斯坦和伊索尔德》），情节撞在转角上，随意弹到别处。不过情节尚可记忆，但追踪音乐的进行就艰难多了，除非你带着"线团"。对于音乐，侯世达这么说的："我们递归地听音乐——特别是，我们保持一个关于调性的心理堆栈，每一个新的变调都一个新的调性推上堆栈。进一步说，这就像是我们想听到调子以相反的顺序，从堆栈中一个一个地弹出，直到还原到主调音。"这当然只是个粗线条并且夸张的描述，其实，多数听者，哪怕专业人士也不太可能仅用耳朵追踪调性的变化，并且能够按顺序一个个取出（大部分时候，能记住当下的两三次变化就不错了）——音乐是有时间性的，听众的等待期过长，就会忘记音乐的趋势，真到解谜的那一刻，满足感也早已荡然无存；表意或叙事并非音乐所长，方向和趋势起码不是唯一重要的。那么，音乐迷宫会吸引人专注地寻找和走出，就像提修斯那样拴上线来倒退寻出口吗？

也许会的——当听者暂时放弃听觉的快感，而专注于谱面上的空间感的时候；或者，当听者有意训练自己，让心智和情感终能交汇，理性思考不再成为负担的时候。

学院派音乐中的结构性不浅，接受者只有面对谱纸的时候才能领略，而音乐倒真的可以去模拟埃舍尔的世界。音乐没有重力，可以在最平凡的五度圈作用下，不断前行之后轻灵地返回终点。五行谱线不高，但音阶的循环性注定它能包罗无垠的空间。只是，作曲家自认为惟妙惟肖地模拟一些形象或者心理状态，自作曲家、演奏者再抵达听者，其"准确"的概率差不多相当于拾得海上的漂流瓶！总之我们只需记住，音乐不是只供听的，它可以沉默地纵情于纸上，而结构一物，背后都是脑力的巨额消耗。音乐啊音乐，多少自得自洽的结构假汝之名！

此外，上文提到的杜非的弥撒曲全长近一个半小时，除了作曲家、参与演出的人以及有心的后人，恐怕无人识得其中的逆行主题——何况它还只是多声部中的一条。

就像侯世达所说，大脑在处理语言的时候，把握堆栈的能力比处理音乐好。人在对话中能耐心地等待形容词、副词抵达尽头并且在脑中重构那个句子的含义，尽管这耐心也有限度，那些太长、结构太复杂的句子，通常不太受欢迎，普鲁斯特的《追忆似水年华》里充满了这种劝退长句。人脑趋于懒惰，往往化长为短，省得脑中"还原结构"的工作消耗太多能量。而文学中的迷宫意象，"分岔小径"也好，"玫瑰之名"也好，已经成为一种隐喻，至多有迂回之意，而文字之中的推入和弹出，读者会不由自主地分出一部分注意力追踪线索，或者反复阅读。文字中的迷宫，只剩了分岔和谜语吗？可是正如博尔赫斯的迷宫，文字可以让迷宫充满弹性，动态生长。

特别热爱迷宫也特别热爱图书馆的博尔赫斯说过，"图书馆好像迷宫"，"我的生活中最重要的事件就是图书馆。有时我觉得我从未走出过图书馆"。图书馆和迷宫是让人浮想联翩的对应，但细想想，图书馆之内书籍的物理排列实在毫无意思。除非，有这样一座虚拟并且为特定人生打造的图书馆，一本书指向下一本你要读的书，不管最终是否领着你圆满退出，都太神奇了。事实上，我们得一本本去找自己想要的书，每一步皆有无限可能，一辈子也找不完。这世上，谁不是没读完、没经历完就死了？有人则化为"别人要读的书"，他们深居于迷宫之中，或许构成通途，或许化为迷失之路。

作家希金斯（Charlotte Higgins）写过一本文化研究的随笔《红线》，串起来文学史、美术史上的许多迷宫典故。上文说到有人认为迷宫是人类最早的，并非模仿自然的创造之一，显然希金斯并不那么认为，她常常把文学中的森林意象等同于迷宫，也就是说，迷宫也并非无中生有的抽象存在。莎士比亚的《仲夏夜之梦》就发生在雅典之外的森林中，并且跟提修斯有关，而维吉尔的《埃涅阿斯记》更是以黑暗森林为背景。书中还有个例子，就是亨利·詹姆斯的短篇小说《地毯中心的图案》——例子有点离题，但这个故事的标题太诱惑人了，"地毯中心""图案"，简直就是迷宫的天然回答。而这个神奇的追索自古就有，而如今作家和批评家的关系仍然是道高一尺，魔高一丈，迷宫围墙和走迷宫的人恒常斗法啊。

这样说来，关于迷宫的书我看了不少，觉得关键词是"结构"和"游戏"，人就是一种没事找事的动物；可也别说，就算你不找事，这个世界也会追赶你，正如上文所说。人终归躲不开迷失和焦虑，以及身处错综局面之中的不知所措，即便世上的石头与路都不与你为难，人被人围困，仍会生成惊慌和恐惧。与此同时，我也读了一本跟拼图游戏（jigsaw puzzle）有关的书，《地毯上的花纹》（*The Pattern in the Carpet: A Personal History with Jigsaws*，2009），这是英国小说家德拉布尔（Margaret Drabble）的非虚构，讲的是拼图史的洋洋大观，包括沉迷其中之人的轻微抑郁与隔绝。拼图有限，包裹它的，拼图之人的生活是无限的。我这才发现，拼图和迷宫很不同，可是它们在"孤独"这一点汇聚。世上有许多游戏模拟生活，又指向内心；明澈的计算机算法并没有终结它们无解的状态，因为人类总有办法给自己创造更多的困境与孤独，并且不得不用肉身去行走。

参考文献：

1. *Red Thread: On Mazes and Labyrinths*，by Charlotte Higgins，Jonathan，2018 Cape.

2. *Mazes and Labyrinths: Their History and Development*，by W. H. Matthews，1922.

3. *The Maze and the Warrior*，by Craig Wright，Harvard University Press，2001.

4. *The Unending Mystery: A Journey Through Labyrinths ansd Mazes*，by David W. McCullough，Anchor，2005.

5. *Labyrinths & Mazes: A Journey through Art，Architecture, and Landscape*，by Francesca Tatarella，Princeton Architectural Press，2016.

6. *Gödel, Escher, Bach: an Eternal Golden Braid*，by Douglas Hofstadter，Basic Books，1979.

7. 侯世达：《哥德尔、艾舍尔、巴赫》，严勇、刘皓明、莫大伟译，商务印书馆1997年。